Le Petit Malheureux

GUILLAUME CLÉMENTINE

Le Petit Malheureux

Roman

LE SERPENT A PLUMES

Collection Motifs
dirigée par Pierre Bisiou

MOTIFS n° 77

N° ISSN : 1251-6082
N° ISBN : 2-84261-119-5

LE SERPENT A PLUMES
20, rue des Petits-Champs - 75002 Paris
http://www.serpentaplumes.com

Je suis fier de ne rien faire
Fier de ne savoir rien faire
Je n'ai même pas le courage
D'aller pointer au chômage
Quel dommage d'être si feignant
Quand on aime autant l'argent.

LES OLIVENSTEINS

I
LES RÊVES
DU PETIT MALHEUREUX

MANO A MANO

Oh, Seigneur, allume le feu éternel dans mon cœur,
fais de chaque souffle un messager de ta miséricorde !
Chant traditionnel pakistanais

SADDAM ne me pardonna jamais d'avoir gagné le Tour de France. Je fus enlevé à l'arrivée de la dernière étape sur les Champs par un barbu déguisé en femme. On me reprochait quelque chose de très grave. Une fois de plus, j'avais battu le coureur français Émile Pataud, récemment converti à l'islam, et connu désormais sous le nom d'Émile Mansour Pataud. Pour la deuxième fois consécutive, je l'avais empêché de réaliser le doublé Tour de France-Tour d'Italie, victoire symbolique capitale aux yeux d'un régime dont l'Émile était un des plus fervents défenseurs. Il était citoyen d'honneur de la capitale du califat, tandis que des dizaines d'avenues, de gymnases et de cantines scolaires portaient son nom. Des émissaires travaillant pour les services secrets avaient essayé de m'acheter, ils m'avaient même envoyé des brunes avec des gros nichons, un soir dans ma chambre, à la veille d'une étape de montagne super importante, avec six cols de première catégorie ! Les perfides ! Mais j'avais su dire non, n'écoutant que mon courage et mon intégrité. Désormais, leur but était clair. Il fallait à tout prix m'empêcher de participer aux championnats du monde, afin que Pataud puisse l'emporter.

Je dois dire que je fus relativement bien traité. On a beaucoup parlé des fameuses cages de fer dans lesquelles sont enfermés les prisonniers politiques. Je n'en ai pas vu personnellement, et je n'ai pas non plus entendu monter les râles des suppliciés. Je fus pourtant la victime de sournoises persécutions psychologiques qui me menèrent au bord de la dépression. Ainsi, on m'empêcha de me raser les guibolles, la honte pour un coureur cycliste, j'étais velu désormais. Ça faisait beaucoup rire l'interprète. Merci d'être velu, il s'esclaffait.

Je fus convié au palais dès le soir de mon arrivée. On me fit revêtir mon maillot jaune, le connard des croyants y tenait beaucoup. Ses appartements privés étaient incroyables de mauvais goût. Immenses, avec de la moquette noire partout, sols, murs, plafonds, partout, et puis des tables et des chaises en plastique transparent, très high-tech pédégé années 70. Seule note de fantaisie dans ce décor minimaliste, des portraits du tyran dans chaque pièce, sur lesquels il ressemblait furieusement à Marylin. Il m'expliqua plus tard avec fierté qu'il s'agissait d'une commande réalisée dans le plus grand secret par le peintre slovaque Andy Warhol. Il était d'ailleurs beaucoup plus au fait de la culture occidentale qu'on voulait bien le dire. Il connaissait même quelques mots de français, tels que bâtard, enculé de ta mère, c'est pas moi, ou encore, vazy, fais nétour la balle, j'suis le cousin à Mustapha Dalheb. Une phrase revenait sans cesse, de manière presque obsessionnelle, dans sa conversation : j'connais Jacques Chirac, il disait tout le temps. Sûrement un pote à lui. Un immense bac à sable trônait au milieu du salon, j'allais bientôt comprendre pourquoi.

Saddam m'attendait, revêtu du maillot blanc à pois rouges du meilleur grimpeur.

– Pedro Almodovar, se présenta-t-il cordialement.

– Saddam Hussein, rétorquai-je en lui serrant la main.

– Alors, Guillaume, ça biche ? me demanda-t-il dans un français presque parfait.

– Ça biche, président, j'ai un peu mal aux endosses, mais ça biche.

Le moustachu frappa dans ses mains, et nous fûmes aussitôt entourés de cinq eunuques affairés, munis de pelles et de râteaux, qui commencèrent à creuser dans le bac à sable. L'eunuque en chef, qui tenait à la main une carte topographique du Puy-de-Dôme au 1/100, commença à donner des ordres aux quatre autres. Au bout d'une heure de travail, la montagne était là, ils auraient pu gagner des concours de châteaux de sable au club Mickey. Un larbin amena alors des cyclistes de plomb et des billes, des jolies agates de toutes les couleurs qui me faisaient rêver quand j'étais petit à la récré, mon premier fantasme sexuel. Je commençais à comprendre. Nous étions en train de ressusciter ce jeu fameux pratiqué pendant des années par des milliers de petits enfants dans tous les jardins publics au temps béni des Carambar à cinq centimes. Les règles étaient simples : la position de chaque coureur sur le parcours était déterminée par celle de la bille qui lui avait été attribuée, et qu'il fallait bien sûr lancer le plus loin possible.

Je compris alors quels étaient les buts du dictateur : reconstituer le célèbre mano a mano Poulidor-Anquetil dans l'ascension du Puy-de-Dôme lors du Tour de France 1964, m'écraser aux billes et venger, à travers Pataud, une religion et un régime depuis trop longtemps méprisés et humiliés. Des techniciens du film envahirent la pièce, et les caméras se mirent à tourner pour enregistrer ma défaite.

– Félicitations, président, lui dis-je, vous êtes très au fait des choses du cyclisme français.

– Merci. À vous l'honneur et, maintenant, Inch'Allah, dit-il en me tendant une agate de couleur jaune.

Seuls avaient été retenus, dans la fameuse étape, les derniers kilomètres de l'ascension, avec des pentes qui dépassaient parfois les 10 %. On reconnaissait bien là la fourberie et la lâcheté propres à toutes les dictatures. M'attaquer en montagne, moi qui étais un spécialiste du contre-la-montre ! J'étais confronté à un grave problème moral. J'aurais bien voulu défendre bien haut les couleurs de la France. Je fus même à deux doigts de placer un démarrage à deux kilomètres de l'arrivée, à l'aide de ce fameux coup de reins qui m'a rendu célèbre de Boston à Vladivostok. Mais il s'agissait d'être poli avec mon hôte et, en plus, j'avais pas envie de me faire botter le cul. Je le laissai donc s'envoler vers la victoire. Abdullah, rota-t-il, en franchissant la ligne d'arrivée.

Je devins vite un habitué du palais. J'étais un des rares à posséder le numéro du code. Le président avait toute confiance en moi et était toujours content de me voir. Il sollicitait parfois même mes conseils dans le domaine de la politique internationale, j'étais très flatté. Nous partions souvent dans d'interminables parties de Trivial Pursuit, qui duraient jusqu'à très tard dans la nuit. Il gagnait tout le temps, mais là encore, j'étais très défavorisé. Le Trivial Pursuit en arabe, pardon, c'était pire que le Galibier et le Tourmalet réunis, je comprenais même pas les lettres. En plus, des questions vicieuses, pourquoi le soldat Rachid (le Schweyk local) s'est-il fait réformer pendant la guerre des Six Jours, vous savez ça, vous ?

Tous les matins, j'étais réveillé par une chanson de Nusrat Fateh Ali Khan, qui disait « *Ya Hayou Ya Qayyom* » (« Oh vivant ! Oh immuable ! »). J'eus alors une idée. Je décidai de mettre à profit mes vacances forcées pour prendre des cours de chant, j'avais toujours rêvé de devenir une star du rock'n roll, avec tout plein de filles en train de mouiller pour moi. Un professeur venait tous les matins m'apprendre les rudiments de l'art lyrique, mais aussi du solfège. Il m'apprit en particulier à chanter *La Marseillaise* en arabe, le président aimait beaucoup qu'on soit fier de ses origines. Lui-même parlait souvent de sa tribu et de son village, il les avait à peu près tous fait massacrer, mais bon. C'est d'ailleurs un sujet que je n'osais pas trop aborder avec lui, tout de suite il avait l'air peiné, presque les larmes aux yeux. On sentait la terrible solitude du pouvoir.

Je donnai mon premier récital un mois plus tard, devant le président et les plus hauts dignitaires du régime. Malgré mes origines européennes et mes idées impies, ils furent tous très fiers de moi et me firent un véritable triomphe.

Ma disparition ne laissa pas l'Occident indifférent. Je fus même au cœur d'une véritable tempête médiatique. Les pétitionnaires de service se mobilisèrent pour réclamer ma libération. La communauté sportive, pourtant hostile à toute forme d'engagement politique, s'y mit aussi. On parla même d'un Téléthon. La solidarité internationale était à son comble. Les salles de rédaction des grands quotidiens bruissaient de rumeurs d'intervention militaire. Jusqu'au jour où un troisième sous-fifre du département d'État américain ressortit fort opportunément quelques-unes de mes déclarations datant de la guerre du Golfe. J'y réclamais simplement la restitution de l'État de New York aux Indiens, ses propriétaires légitimes, en exigeant également que le comté de Nice, annexé par Napoléon III en 1860, soit rendu aux Italiens. En fait, les Américains ne me pardonnaient pas d'avoir battu Greg LeMond il y a quelques années, lors d'un contre-la-montre organisé autour du lac de Madine. J'avais pourtant des hémorroïdes ce jour-là, mais, avec une bonne escalope dans le cul, en serrant les dents...

De victime, je devins bourreau. On excita les masses occidentales contre moi. L'administration américaine fit savoir qu'il était hors de question de sacrifier un seul de ses *boys* pour sauver la vie d'un ressortissant français qui n'avait jamais témoigné par le passé d'une grande sympathie à l'égard du peuple américain. En France, un pacifiste de droite me prit à partie dans les colonnes de son journal. Nous ne verserons pas une seule goutte de notre sang français pour sauver cet ami des Arabes, pas plus que nous n'avons accepté jadis de mourir pour Dantzig, vociférait-il. Du coup, je devins un héros en terre d'islam. J'avais pourtant prédit que le dernier vainqueur du Tour à la fin de ce siècle serait juif, mais personne ne m'en voulut. Et toutes les petites filles arabes, qu'on avait appelées Djihad en des temps héroïques, se prénommèrent Guillaumette.

Je crus ma libération proche le jour où Mansour gagna les championnats du monde, après plus de 160 kilomètres d'échappée. Saddam n'avait désormais plus aucune raison de me garder. La vérité, c'est qu'il ne pouvait plus se passer de moi. Surtout depuis que j'avais commis l'erreur de lui apprendre la belote, on jouait toutes les nuits, il était complètement accro. T'es pas bien ici, il me demandait tout le temps. Il me proposa même un poste de directeur technique du cyclisme national. Il me couvait comme un mère juive. Il était bien gentil, mais j'avais ma carrière à faire, moi.

Face à la lâcheté occidentale et à l'incompréhension de mon nouveau maître, je compris que je devais prendre moi-même les choses en main. Échappant à la vigilance de mes gardiens, j'envoyai un pneumatique à mes camarades coureurs. On parle toujours des motards, mais il y a une grande solidarité entre les cyclistes, aussi. Je fus donc délivré par des cousins calabrais de Claudio Chiappucci, qui prirent d'assaut le palais présidentiel. On était à la mi-décembre. J'avais à peine trois mois pour préparer Paris-Nice.

II
LA VIE
DU PETIT MALHEUREUX

DIMANCHE

Malheur à la loi ! La plupart de mes contemporains sont la triste conséquence d'un avortement interdit.
KARL KRAUS

C'EST DIMANCHE aujourd'hui. Jour d'ennui et de solitude. Lendemain de fête où il ne se passe jamais rien. Un jour consacré à la famille ou à la gueule de bois. C'est un dimanche d'hiver, ni froid ni clément, un dimanche rien, gris, pluvieux, humide, merdouille.

Ce n'est pourtant pas un dimanche comme les autres. Pour une fois j'aurais préféré rester tout seul chez moi à m'emmerder, me branler, rien foutre. Mais j'ai une sorte de devoir à accomplir. Je dois aller voir Antoine, un vieil ami auquel j'essaie de rester fidèle. Je sais que nos meilleurs jours sont derrière nous, mais c'est quand même un vieil ami. Alors, même quand je me dis, mais c'est pas possible, il est vraiment trop con, je cultive la nostalgie. Je refuse de renoncer à notre passé, à ce que nous avons été. Des potes, unis par l'amitié, des origines géographiques communes, des rêves et des désirs formulés en écoutant un peu de rock'n roll. Nous étions des enfants alors. L'avenir était pour nous une notion à la fois très vague et pleine de promesses. Les plus frivoles ne pensaient qu'à baiser les filles, sans préservatif. Les plus ardents ou les plus romantiques cherchaient dans l'amour une forme d'absolu, d'éternité, ou même de sécurité, mais n'en parlaient pas.

Et puis, un jour, on a tous mis la tête dans la tapette à rats. Comment met-on la tête dans la tapette à rats ? C'est très simple et très banal à la fois. Une vieille rengaine qui existait déjà avant J.-C., il suffit juste de rajouter des fax, des bagnoles et des digicodes, c'est la première à droite en sortant de vos vingt ans, vous pouvez pas vous tromper.

Alors voilà : vous trouvez un matin dans la salle de bains une brosse à dents qui n'est pas la vôtre. Puis vous donnez les clefs de chez vous à celle qui vous a choisi. Vous comprendrez d'ailleurs assez vite qu'on ne dit plus « chez vous », mais « chez nous ». Le processus d'aliénation se poursuit en général par l'achat d'un animal domestique, un chat si possible, le chat étant une métaphore rassurante de la liberté qu'on vous laisse: la liberté contrainte par les murs.

Vous pourrez toujours vous réfugier pour lire aux chiottes, la nouvelle Zone NoNo.

Le but de votre moitié? Vous forger à tout prix des racines communes. La conscience de ces racines communes vous donnera le sentiment rassurant d'appartenir à une communauté organique, même réduite à sa plus simple expression. Un tel sentiment vous donnera inévitablement le sens du devoir et des responsabilités que vos parents vous ont déjà inculqué, mais que vous avez su oublier, mettons entre quinze et vingt-cinq ans, quand vous aviez des rêves. Le processus d'aliénation se terminera inévitablement par la venue d'un enfant, sauf si vous êtes un créateur, auquel cas vous voudrez absolument faire le malin et vous distinguer, en accouchant, par exemple, d'une œuvre d'art quelconque. Mais, si vous êtes bien membré et totalement dépourvu d'imagination, l'hypothèse la plus probable est que vous devrez rapidement faire l'acquisition d'une poussette pour y déposer le fruit de ce que vous avez enfanté. Il vous faudra alors, non pas choisir, mais trouver ou garder absolument un boulot, n'importe lequel, si possible dans la fonction publique, au moins là-bas personne vous empêchera de dormir.

Voilà ! Souriez ! Ne bougez plus ! Vous êtes désormais comme vos parents. On appelle cela l'instinct grégaire. Vous êtes devenu, en quelques années, un animal social. Il est très difficile de lutter contre cela. À moins, bien sûr, que vous n'ayez la chance d'être chômeur, bougnoule ou érémiste. Et encore, quand je parle de chance, c'est vraiment pour me rassurer, faut pas exagérer.

Enfin, voilà comment la plupart des jeunes chiens fous que nous fûmes un jour sont devenus adultes. Quant aux autres, ceux qui n'ont pas su ou pas voulu marcher dans la combine, ils deviennent victimes de leur liberté et vivent dans l'aigreur d'une solitude effroyable. Je leur laisse le choix entre le suicide et la cégété.

Quant à moi, je refuse encore de choisir. Si j'avais un minimum de courage, de convictions et de suite dans les idées, j'aurais dû, depuis longtemps déjà, m'asperger d'essence et m'immoler par le feu à l'aide d'un vieux pneu. Je n'en fais rien. Je me contente de m'adonner à la solitude et à la paresse, cette forme aristocratique de la dépression pratiquée par tous ceux qui ont la pudeur de leurs sentiments. J'essaie seulement d'échapper à mes mauvais souvenirs et de tuer l'ennui avec des bouteilles de scotch et des filles mal faites. Ma vie se décline au conditionnel : j'aimerais, je voudrais, je serais. Je ne fais rien. Je n'attends rien. Je n'espère rien. Je ne vous demande rien. Je vous regarde, et je veux toujours croire que je vous emmerde.

Je viens juste d'achever une nouvelle année sabbatique, paisiblement consacrée au whisky, à quelques trop rares filles, au sommeil et à la masturbation. La réflexion que j'ai entamée il y a déjà plus d'une décennie quant à mon avenir sentimental et professionnel me semble un peu vaine, mais je crois au moins y avoir trouvé une réponse partielle en forme d'impasse : à quoi bon toutes ces questions ? Pourquoi aimer, alors qu'il est si facile de jouir sans souffrir ni se sacrifier ? Et pourquoi travailler ? Oui, pourquoi ? Pourquoi devrais-je ainsi persécuter mon âme d'enfant tout à la fois ludique, mélancolique et triste ? Au nom de quels principes devrais-je capituler devant ces étrangers hostiles que me sont l'effort, la contrainte et les responsabilités. Tu es comme le grand Diogène, toi, me dis-je. Tu sais qu'il ne sert à rien de courir et que, de toute manière, la France n'a pas vraiment besoin de toi, sinon ça se saurait. Tu sais qu'entre les actes et les idées, on pourrait largement faire passer un trente-cinq tonnes. Tu sais aussi qu'il y a des cigales et des fourmis, et que tu serais plutôt cigale, mon salaud, avec ton poil dans la main qui s'étend de l'Atlantique à l'Oural ! Alors, pourquoi travailler ? Oui, pourquoi ?

N'allez surtout pas croire que je sois la dupe de mon discours. Je sais bien qu'au fond, il n'y a vraiment pas de quoi se vanter. Je ne suis qu'une larve dépressive, me remuer c'est encore plus difficile que de déplacer la commode, on me ferait traverser le boulevard Saint-Germain avec un bout de bois que j'aurais l'impression de travailler. D'ailleurs, c'est pas dur : je dors tellement que je vais finir un jour par rencontrer Dieu. Mon seul but au fond, dans la vie : vivre centenaire pour ruiner les ASSEDIC. Je suis un lâche, qui se croit trop malin pour marcher dans la combine, et qui refuse de vivre dans l'émotion, parce qu'elle lui fait mal. Résultat : je suis le type même du déclassé, une sorte de semi-clochard intellectuel aigri. Je vis des fantasmes de destruction et de dégringolade sociale qui s'apparentent à l'appel du vide quand on se penche par la fenêtre. On est saisi d'une furieuse envie de sauter, mais il est toujours quelque chose ou quelqu'un pour vous retenir : une jeune fille qui passe et qui repasse à l'heure des couchers de soleil sur la Seine, affolante dans sa jolie robe à fleurs, une partie de belote, le prochain Tour de France, un bon bouquin, revoir *La Dolce Vita*, sans parler du RMI qui continue de tomber, tous les mois. On a envie de voir la suite...

Au fond, mes fantasmes sont des fantasmes de petit- bourgeois, finalement assez obscènes quand on voit toute cette misère subie et non désirée. Il n'y a décidément vraiment pas de quoi se vanter.

Et pourtant. Je préfère encore ma lâcheté, ma solitude, mon oisiveté et mon ivrognerie au bonheur, au courage et au sens des responsabilités de mes amis qui, à même pas trente ans, comptent déjà leurs points de retraite en faisant la course avec les rats.

Et je médite sur cette phrase d'un grand philosophe allemand : « À trente ans, on est encore, au regard de la culture supérieure, un débutant, un enfant. » Alors, pourquoi se presser ? Je n'ai même pas atteint l'âge du Christ. Malgré l'angoisse de mes premières rides et même celle de mes premiers cheveux blancs ; malgré de petits problèmes cardiaques dus aux excès d'alcool et de tabac ; malgré de petits problèmes sexuels dus aux mêmes excès, sans parler d'un état de délabrement généralisé, dû toujours aux mêmes excès, j'estime avoir encore quelques belles années devant moi. Et, malgré tout ce temps perdu où je n'ai jamais cessé de douter, j'ai toujours su rester fidèle à l'immense tendresse que j'éprouve à mon égard. Des fois, quand je me regarde dans la glace, j'ai envie de m'enculer. Même si je suis parfois le seul à le savoir, je suis encore beau, ou tout au moins comestible. Des filles me l'ont souvent dit, qui étaient pourtant loin d'être les plus sottes ou les plus repoussantes. Bien sûr, il s'en est trouvé d'autres, en général très jeunes, pour essayer de me faire comprendre qu'il serait bientôt temps pour moi de faire valoir mes droits à la retraite. Mais j'ai refusé de les croire, en regrettant sincèrement pour elles qu'elles n'aient pas su profiter de mes charmes.

Quant à l'amour… J'ai appris à m'en méfier pour l'avoir trop souvent côtoyé, il y a bien longtemps. J'ai dû en sécréter depuis, des anticorps, pour me défendre et pour oublier. Souvent en pure perte. Je ne sais pas s'il existe un déterminisme de la souffrance et de l'ennui, mais il est une chose dont je suis sûr : il n'existe pas de préservatif contre la douleur. Je me revois encore prendre mes petits déjeuners après qu'elle fut partie. Je ne sais pas pourquoi, mais le café avait toujours un goût dégueulasse ces matins-là.

Petit à petit, l'amour a fini par représenter pour moi une abstraction et un idéal dangereux et inaccessible. Un rêve auquel je veux croire quand j'ai envie de mettre un peu de poésie dans ma vie, les années bissextiles.

Pourtant, je sais encore ce que tomber amoureux veut dire. Il m'arrive encore de rencontrer des filles que je trouve belles et lointaines et dont j'ai envie de faire la moitié de moi-même. Ces filles-là savent me faire souffrir tant que je n'arrive pas à les séduire, avant que de me lasser quand je réalise qu'elles ne sont plus intouchables. N'ayons pas peur pour elles : elles trouvent toujours la force de me dire non.

Je préfère alors me rassurer en me réfugiant dans l'erreur et un certain manque de discernement. J'ai tendance à ne pas savoir dire non à la viande saoule et anonyme, ce qui m'a valu auprès de mes amis, qui sont toujours là pour vous rappeler vos erreurs, le surnom de voiture-balai. Je suis l'homme couvert de grosses femmes.

Peu importe, au fond, que je sois amoureux ou indifférent. Car il est une chose que je me dois de confesser : s'il m'arrive encore d'avoir du succès, je ne dure en général pas longtemps. Je suis un produit à combustion rapide. Comme le condom, je ne sers qu'une fois.

Je comprends l'attitude des filles à mon égard. Je suis pourtant encore à peu près capable de leur faire l'amour, à condition toutefois de ne pas les prendre par-derrière, ce qui est pour moi très fatigant, toujours rapport aux excès que j'évoquais précédemment. Et, bien qu'ayant des érections difficiles, mon sexe sait encore devenir gros quand il faut. Mais, pour une fois, le cul n'a rien à voir à l'affaire. Je suis seul, non seulement parce que cela m'arrange, mais surtout parce que les filles, comme la plupart des humains, se méfient des loosers désemparés qui ne veulent pas réussir dans la vie et qui ont, en plus, l'arrogance de vouloir rester libres.

En dehors de ma misère sexuelle et sentimentale, j'ai peu de besoins matériels : quelques livres, quelques disques, que je m'essaie à voler dans les grandes surfaces ; quelques chemises amplement taillées, qui conviennent au débraillé de ma personnalité et font oublier aux filles que j'ai la fesse triste ; deux paquets de cigarettes par jour ; quelques rasades de scotch, que je vais piller chez mes compagnons de fortune et d'infortune. Ajoutez à cela une bonne coupe de cheveux toutes les trois semaines, qui m'aide à rester beau gosse tout en étant mal rasé, et basta ! L'État français me verse chaque mois une petite pension, certes peu copieuse, mais qui me permet néanmoins de subvenir à mes besoins, en particulier de payer mon loyer, quelques centaines de francs contre une chambre de bonne dans le Quartier latin. Je dois d'ailleurs préciser qu'après avoir d'abord éprouvé un sentiment de honte bien compréhensible, je n'ai désormais plus le moindre remords d'être un parasite social qui vit aux frais du contribuable que d'ailleurs, au passage, je remercie de sa générosité.

Je suis le luxe des sociétés occidentales.

Antoine vient encore de remettre ça. Il est papa pour la deuxième fois. J'essaie d'être content pour lui, mais je ne voudrais pas de sa femme, même pour quarante chameaux. Quinze ans que je le connais, dix ans que je la supporte. J'éprouve à son égard les sentiments d'un cow-boy face à des barbelés.

Nous avons pourtant passé un accord, Constance et moi. Malgré une aversion réciproque, nous essayons de nous détester en silence. Pour lui.

Quand je pense que c'était le plus gros queutard et le plus gros dealer de shit de tout le 94 ! Je le revois encore, naviguant bourré boulevard Montparnasse, entre deux fêtes, en train de hurler aux passants :

– Parfaitement que j'ai une grosse queue ! J'en suis fier, et je la peigne. Je fais même des neuneux avec.

Oui mais voilà : contrairement à moi, il a oublié d'être léger, futile, lâche et insignifiant, pour épouser une conne et se diluer dans sa femme. Et je dois aller présenter mes hommages à cette femme ci-devant grosse conne pour ce qu'elle a fait à mon pote. J'ai peur.

L'immeuble est sis quelque part boulevard Saint-Germain. C'est incroyable ce que mes potes sont devenus bourgeois. Ils ont des appartements maintenant, oh là là, pardon ! Encore deux ans de boulot et ils auront droit à une HLM.

– Salut, c'est le cousin Pons, lancé-je à l'interphone.

Il y a une glace dans l'ascenseur pour se regarder, un bon point pour eux. J'aurais pu monter à pied mais j'en veux pour mon argent. Je me prépare, j'anticipe. Que vais-je pouvoir leur dire ?

Il ouvre, le regard gentil mais moqueur, un peu supérieur, mais peut-être suis-je paranoïaque. Déjà ce fossé entre nous. Je comprends tout de suite que je vais me sentir très seul, tout seul.

Il me serre la main. Il a la main molle des gens contents. Les gens contents ont-ils la main molle ? Pas forcément, sauf quand ils savent qu'ils vous dominent déjà, qu'ils n'ont rien à vous prouver, ni plus grand-chose à vous donner. Antoine n'a plus besoin de me la serrer en me l'étouffant comme avant (j'allais dire avant-guerre), genre j'suis pas un pédé moi alors attention, d'ailleurs c'est pas ce que j'appréciais le plus chez lui, son côté viril... Constance, fille d'intellectuels maos, un bon milieu comme on dit, lui a inculqué les bonnes manières.

Le couloir est superbe, avec un parquet du XVIIIe siècle, j'ai l'œil, qui vous donne illico envie de chausser des patins. Des poussettes sont alignées dans l'entrée. Je sais donc qu'ils ne sont pas seuls. Le dimanche s'annonce familial.

Je pénètre dans un séjour immense, trois fois ma chambre, avec une cheminée de marbre noir et des dorures au plafond. Lequel plafond est sis à une hauteur que j'évalue approximativement à 3,50 mètres. Cette remarque est importante. Un véritable appartement parisien doit avoir au moins 3,50 mètres de hauteur, et non pas les 2,50 mètres habituels sous la toise, dévolus à tous les crapauds.

Constance se lève pour m'accueillir. Elle est superbe de maternité épanouie. Tellement parfaite qu'on ne l'imagine même pas avec un poil de cul. Je me demande si elle met encore des petits dessous coquins pour exciter son mec ? Je crois que la réponse est oui. Si elle avait pu être seulement un petit peu abîmée... Mais non... C'est pas une fille pour érémiste. Je me suis habitué à sa beauté comme à sa connerie, mais quand même. J'aurais voulu la connaître diminuée. La seule chose qui me rassure, elle a vraiment un corps d'enfant, un peu informe. Ses yeux puent l'égoïsme tranquille. Je l'ai déjà jugée sexuellement, sans avoir eu droit à aucune confidence. Elle ne s'ennuie pas au pieu, seul son plaisir compte, au moins Antoine n'est pas éjaculateur précoce, elle n'aurait pas supporté.

Soyons clairs : même si je refuse de l'avouer, j'ai certainement déjà eu envie de me la taper, c'est tellement rare et difficile de haïr à ce point-là, et avec une telle obstination par-delà les années, je ne vois pas d'autre explication. Mais non. Ce n'est pas possible. Cette beauté froide, ces petits yeux durs comme des billes d'acier de chez Krupp, ces formes austères... Un vrai rutabaga, avant dix ans desséché. À moins qu'elle ne réveille chez moi ce mépris sourd et démagogique à l'égard de ces élites avancées auxquelles j'ai envie de susurrer suavement, avec le mauvais goût très sûr qui inspire ce manifeste : à bas la gauche caviar, vive la gauche tarama ! J'ai en effet remarqué une chose curieuse : à chaque fois que je les croise, elle et sa bonne conscience, je vis dans la honte d'une sympathie secrète pour l'intolérance plébéienne de mon boucher.

Sont également présents dans le salon : un couple que je ne connais pas, et deux enfants : le petit Arnaud, fruit des amours de mes amis, et une gamine qu'on ne me présente pas, certainement parce que l'on a peur que je fasse encore une gaffe, mais qui a tout l'air d'être le fruit des amours du couple que je ne connais pas.

Je fais la bise à Anne, jolie brune, les seins biens pris dans un pull-over Benetton qui peluche. Anne porte une jupe écossaise fermée par une épingle de nourrice plaquée or qu'on a envie d'arracher, oh, je suis sûr qu'elle a les poils du con noirs, bien drus, bien fournis, mais c'est une mère de famille, alors je la respecte et je la bise, salut Anne, moi c'est Guillaume. J'essaie mon fameux regard qui ne marche jamais, pourtant je suis beau, merde ! Mais, comme d'habitude, mon fameux regard ne marche pas, tu te rends compte, Anne, ce qu'on aurait pu faire tous les deux, si et seulement si, mais non, Anne ne comprend pas, elle a l'air heureuse avec ses certitudes et me fait la bise poliment, sans plus. Je serre la main de Bertrand, son mec ou déjà son mari, je ne sais pas. Il a l'air sympa, Tranbère.

Grand, maigre, souriant, l'air prêt au dialogue, un peu con. Une tête de cocu en fait, si seulement on me laissait m'exprimer de temps en temps.

Un détail me frappe tout de suite, et une fois encore, j'ai l'œil : je suis le seul à ne pas avoir de montre. C'est à des détails comme ça qu'on reconnaît les cons ou ceux qui le sont devenus. Règle numéro un de mon petit catéchisme imbécile pour mourir idiot selon mes règles à moi : ne portez jamais de montre. La montre est la première chaîne, le premier bracelet qui vous mène droit à la routine, au travail, à la femme qui a été jolie autrefois mais c'est fini et on reste là comme un con par habitude ou pour pas se faire traiter d'enculé. La montre, c'est le début du travail et de la médiocrité à heure fixe. C'est le premier pas vers les points de retraite déjà dénoncés plus haut. J'ai eu une montre une fois dans ma vie : je me la suis fait chourer par des reubeux dans un couloir de métro un dimanche après-midi, en sortant de la foire du Trône. Merci les reubeux ! Et merde à ceux qui le liront et qui ont des montres !

Je ne fais bien sûr part à personne de ces pensées. Je dis seulement bonjour, et non pas salut, comme je l'ai signalé par erreur plus haut. Le bonjour a remplacé le salut, qui lui-même a remplacé le *Salut à toi* que j'utilisais fréquemment au temps jadis, lorsque j'écoutais le groupe anarcho-punk aujourd'hui défunt les Bérurier Noir. Un des slogans de ce groupe était *souvent fauché, toujours marteau*, et, comme je suis, à l'image de tous les loosers, extrêmement influençable, j'en avais fait ma devise. J'y suis resté fidèle. *SOUVENT FAUCHÉ, TOUJOURS MARTEAU.* J'en profite, au passage, pour m'excuser auprès de ceux qui m'aiment, s'il en reste, et que mon absence de parcours a désolés.

Enfin, bref, j'essaie toute la gamme et toute la variété des bonjours, bonjour monsieur, bonjour madame, et croyez-moi, c'est pas tellement plus rigolo que la peinture à l'eau. Surtout aujourd'hui, en face de ces parvenus quelque part. J'ai le bonjour crispé.

Je m'assois par terre, mal à l'aise. Antoine, grand amateur de musique sacrée, leur a mis le requiem d'Adam Michna, ce qui donne un petit air solennel mais néanmoins serein à cette réunion dominicale. On se croirait un lendemain de Père Noël, quand les enfants jouent avec les cadeaux pendant que les parents se remettent de leur excès d'huîtres, dinde, bûche et marrons.

Je saisis tout de suite les enjeux de la conversation. Il est question du petit neveu d'Anne.

– Il est vraiment insupportable ce gosse, dit-elle, égoïste, mal élevé, toujours je veux je veux, jamais s'il te plaît.

Constance en profite pour y aller de son anecdote à propos d'Arnaud, son Arnaud qui, du haut de ses trois ans, a encore proféré une connerie plus grosse que lui et perdu une occasion de se taire, il a dit je veux pas faire caca, Arnaud popo quand il veut, ah, sacré Arnaud, un vrai comique celui-là ! Je pourrais raconter n'importe quoi, que j'ai un foot c't'aprème avec Jean-Paul Sartre et ses potes dans la forêt des Carnutes, ils ne relèveraient même pas, tout occupés qu'ils sont à s'extasier sur les dernières facéties du rigolo. Je me demande pourquoi les femmes ne font pas preuve de la même compréhension avec nous quand on pète au lit, pourtant c'est nous les enfants, elles le savent, merde ! Arnaud voleur, usurpateur des pets de ton père !

La petite gamine aux cheveux blonds a l'air très bien par contre, she's O.-K., très jolie et très sage, je lui lirais bien *Oui-Oui* ou les mémoires de Cadichon. Elle me regarde d'un air un peu fasciné, je dois dire que j'aime bien. Et puis les filles, par principe, c'est toujours plus intéressant que les garçons, seulement faudra que je fasse bien attention dans quinze ans, quand je voudrai qu'elle m'aime ou qu'elle me suce, à ne pas lui dire que je l'ai connue toute petite, les très jeunes femmes n'aiment pas qu'on leur rappelle leur enfance alors qu'elles en sortent à peine.

Je dois prendre l'initiative, dire quelque chose, ma satisfaction d'être avec eux, l'envie de communier dans la joie, mon désir de voir le petit, le savoir-vivre c'est savoir anticiper, mais rien ne vient.

– Tu ne veux pas voir mon fils ? demande Antoine.

– Je crois qu'il n'est pas pressé, lance Constance, perfide mais lucide.

– Ah... Non... Mais si..., balbutié-je, faussement enthousiaste.

Il faut vraiment que je boive.

Ils m'accompagnent tous les deux dans la chambre de l'Enfant Roi. Je le regarde et me fais la réflexion suivante : contrairement aux animaux qui ne sont jamais aussi magnifiques qu'à leur naissance, la beauté s'acquiert chez l'homme en vieillissant.

Je devrais dire à Constance qu'il ressemble vraiment à sa mère, c'est si facile d'acheter des amitiés éternelles, quelques paroles quelquefois peuvent changer le monde... Mais je ne dis rien. Je ne suis pas un bon courtisan. Je hoche vaguement la tête, décidément cette petite chose vagissante et difforme, vaguement répugnante, ne m'inspire rien. C'est d'ailleurs ce que dit Constance, il a vraiment l'air de t'inspirer mon fils. J'essaie de protester, d'un geste confus de timide dénégation, mais rien ne vient, je n'arrive pas à parler. Je suis totalement paralysé. Je sais pourquoi. J'ai l'impression qu'on me demande de célébrer dans la joie nos propres funérailles. On est souvent muet devant la mort. Ci-gît une génération sacrifiée, avide de se protéger, frelatée par le microbe de la trouille, détruite par le virus de la peur, en quête d'un épithète pour se rassurer, elle l'a trouvé: la génération pantoufle. Résurrection!

Dans ma gêne et mon embarras j'ai oublié de demander le nom du gosse. Ce n'est pas bien.

Antoine me regarde d'un air consterné, un peu comme lorsque l'on gronde un enfant, avec fermeté mais avec douceur, pas trop fort, avec une certaine bienveillance, parce qu'il n'est justement qu'un enfant.

– Bon allez viens, je vais te servir un scotch pour te remettre de tes émotions, tu l'as bien mérité, choisit-il d'ironiser.

Nous retournons dans le salon.

Il est question d'économie chez les grands.

– Quand même, je suis de gauche, dit Anne, mais les syndicats exagèrent. Totalement irrationnels. Il n'y a pas d'espoir, de projet, ou de messianisme chez eux, juste le culte du passé, la crispation identitaire, la défense de leurs intérêts catégoriels.

Antoine me sert un verre de Glenlivet et laisse la bouteille sur la table.

Dès lors j'ai un problème : au prix de la bouteille de Glenlivet, pourrai-je me resservir autant de fois que je voudrai sans me faire gronder ? En fait, j'aurais préféré du scotch de chez Ed, j'aurais vidé la bouteille sans scrupules. Je commence mon petit rituel, verre main droite, cigarette main gauche, tout en regardant Anne par en dessous, elle a vraiment de jolies jambes. Qu'est-ce que j'aimerais caresser ses bas noirs, mais bon, apparemment c'est pas la situation.

On parle de l'Europe maintenant.

– Tu comprends, les fondamentaux de la macro-économie, c'est bien, mais enfin tout de même, on ne peut pas construire l'Europe contre la volonté des gens, explique Bertrand d'un air pénétré.

Tu l'as dit bouffi ! J'ai fini mon verre et je dois absolument m'en resservir un autre, oui mais comment faire ? Je ne vais quand même pas demander la permission.

D'un autre côté je ne peux pas me resservir comme ça sans rien dire, Constance serait trop contente de souligner, ne serait-ce que par un regard, que je suis vraiment mal élevé.

J'hésite. Je regarde la bouteille, c'est pire qu'une envie d'éjaculer, je dois absolument remplir mon verre. Je me lance.

– Bon ben c'est pas tout ça, mais je crois que je vais me resservir un verre, parce que vous êtes tellement absorbés par votre conversation que, décemment, je ne peux pas attendre que vous fassiez preuve de politesse en m'en proposant un autre.

Silence.

Tout le monde me regarde.

Le ton était enjoué, mais peut-être ai-je parlé un peu trop fort, ou pas assez.

– C'est vrai que tu es un orfèvre en matière de politesse, m'assène Constance.

– Tu me connais, réponds-je, doucereux, mais au fond agressif.

Re-silence.

Antoine éclate de rire, histoire de faire malgré tout quelque chose puisqu'il n'y a plus rien à dire, la vieille haine entre nous a resurgi, il faut bien qu'il s'interpose.

Anne me regarde soudainement d'un air intéressé, il faut dire que j'ai mis une belle marinière qui met en valeur mes jolies formes, ou peut-être qu'elle n'aime pas Constance et qu'elle veut m'aider, ou peut-être est-ce le genre qui va naturellement vers les autres, est-ce que l'on sait ? C'est là qu'elle me pose la question deux points ouvrez les guillemets :

« ET TOI, TU FAIS QUOI DANS LA VIE ? »

Que dire, que faire, que répondre à ce que j'ouïs ? Je ne sais pas pourquoi, mais à ce moment-là j'ai pensé que j'aimerais bien me faire tatouer le testicule gauche.

Je pourrais répondre j'attends Godot, mais là on s'aventure dans la métaphysique, il faut être à la hauteur, mais même si j'étais à la hauteur elle ne comprendrait pas, du coup, en fait, les gens n'ont rien à se dire, à part des conneries, et encore même les conneries, je ne supporterais pas les siennes ni elle les miennes. Vivement qu'on se branle tous sur l'Internet, comme ça on n'aura même plus à faire semblant.

D'ailleurs, de deux choses l'une : soit elle ne connaît pas Beckett et elle va croire que je la snobe, soit elle connaît et elle va croire que je l'agresse, ben quoi, ouais, j'attends Godot, à donf, et va te faire foutre, hé, morue !

Je ne suis pas comme ça avec les filles qui ont de jolies jambes.

Je pourrais également répondre n'importe quoi, je ne sais pas moi, que je suis grossiste en berlingots, par exemple, mais là encore, je prends le risque de la désobliger.

Finalement, n'étant pas encore assez saoul pour dire des conneries, je choisis la sobriété.

– Je ne fais rien, réponds-je à sa question, absolument rien.

J'aurais pu aussi répondre – « oh, je ne fais pas grand-chose » –, mais le « pas grand-chose » est dépréciatif et laisse entendre que je suis une merde, or le seul point commun entre moi et une merde est que je pue comme une merde et encore même pas aujourd'hui.

– Oui, je vois, tu profites de la vie, dit-elle d'un air compréhensif en souriant.

C'est dommage, si j'avais pas fait le con après, on serait peut-être devenus amis.

En fait, sa gentillesse n'est que de la politesse, du savoir-vivre, rien de plus, tout ce que je n'aurai jamais, c'est incroyable ce que je suis devenu aigri, une vraie maladie, à toujours voir le mal et le mépris chez les autres, comme un raté, et après tout ce n'est pas sa faute si elle n'a pas ta chance, un peu de respect !

Troisième verre.

Je suis lancé désormais, et prêt à toutes les conneries, un des rares domaines dans lequel je compte beaucoup d'heures de vol.

Je veux intervenir à tout prix dans la conversation, faire mon intéressant pour qu'Anne m'écoute, qu'elle me regarde encore, les autres ne sont plus que des ombres chinoises.

Quatrième verre, olala, c'est plus difficile que de pénétrer une jolie fille de rentrer dans leur conversation. Ils parlent de l'écologie, et justement j'ai quelque chose à dire sur l'écologie, j'aime pas les écolos, la plupart au fond ennemis des libertés, des fumeurs, du cheval de fer et des doigts qui puent, victimes de leurs fantasmes de pureté et perdus dans leurs nostalgies pétainistes, il était une bergère, et ron et ron petipatapon ! D'ailleurs j'ai lu un bouquin sur le sujet, l'auteur y expliquait leur intolérance et en quoi l'écologie politique est un antihumanisme.

C'est pas mal ça, l'antihumanisme. C'est un concept intéressant, qui pourrait me valoir un certain succès auprès de mes amis si seulement ils m'en laissaient placer une.

– Le gros problème de l'écologie, c'est que c'est un antihumanisme, lancé-je donc, en espérant qu'ils n'ont pas lu le bouquin.

Pour le coup, tout le monde me regarde.

– Que veux-tu dire par là ? demande Anne.

Merde. J'ai l'impression de repasser mon permis moto, il fallait slalomer entre des plots, foncer sur deux baguettes situées à cinquante mètres en passant les cinq vitesses, renverser la première et s'arrêter devant la seconde en freinant brutalement sans la toucher.

Je réalise que je suis très saoul. Ils continuent à me regarder. Hé, les mecs, oubliez-moi, c'est pas si grave, faites comme si j'avais rien dit.

– Alors, l'antihumanisme ? reprend Anne.

J'essaie de me rappeler. Je ne me souviens que d'une chose : dans le bouquin, l'auteur parle des animaux qui passaient au tribunal au Moyen Âge, comme les arbres aussi d'ailleurs, même les arbres, parfaitement, jugés comme des personnes humaines, et ça c'était avant les Lumières, la philosophie, l'humanisme, euh, donc, voilà, c'est pour ça, et de toute manière les écologistes sont des enculés.

J'essaie d'expliquer, mais je suis le premier à ne pas comprendre un mot de ce que je raconte.

– Là je n'ai rien compris, dit d'ailleurs Anne.

Silence gêné.

Et voilà. C'est toujours en voulant vomir d'intelligence qu'on réussit à passer à tous les coups pour un con.

Je regarde mon cinquième verre.

J'aurais dû venir avec un avocat.

– Non mais là je cale, babutié-je, piteux.

– Tu ne veux pas nous refaire un petit Moyen Âge ? me demande Anne, un peu narquoise.

Constance éclate de rire, méchamment. Je me sens humilié. Si un jour je passe mon bac, je te ferai bouffer la collante avec ton acte de naissance, espèce de salope !

Il commence à faire nuit. C'est l'heure où les cafards sortent de leur trou pour faire chier l'homme. Il y en a tellement dans ma chambre qu'on devrait y suspendre à l'entrée un panneau avec marqué dessus *Au Cafard heureux*. Tiens, ça me donne une idée, les cafards. J'essaie d'amorcer un nouveau dialogue.

– Vous avez des cafards ? je demande soudainement.

– Alors là on a tout essayé, même à Eurocafard ils étaient désemparés, ils sont venus trois fois, ils ne savaient plus quoi faire, c'est trop humide ces vieux immeubles, soupire Antoine.

Incroyables ! Ils en ont ! Comme moi !

– Alors à quoi ça sert de travailler si c'est pour avoir des cafards ? je demande.

Ça ne les fait pas rire.

– J'essayais juste de nous trouver des points communs, me justifié-je.

– C'est tout ce que tu vois comme point commun, les cafards ? demande Constance.

Je sens que je vais bientôt m'autodétruire. Toujours mon amour pour les solutions radicales…

– Eh bien, peut-être que, en dehors de l'amitié éternelle qui nous lie, je vois quelque chose de spécifique entre toi et moi.

– Ah oui ? s'étonne-t-elle, méprisante.

– Oui. J'étais justement en train de penser que, comme beaucoup de femmes qui viennent d'accoucher, tu as peut-être toi aussi des hémorroïdes… Constance, as-tu des hémorroïdes ?

– Ouah, quelle délicatesse, c'est vraiment un plaisir de te revoir, fulmine-t-elle.

Donc elle en a.

Antoine lève les yeux au ciel, consterné.

– Oh merde, Antoine, excuse-moi, c'est vrai, tu

m'avais fait promettre de ne pas le répéter (bien sûr, il ne m'a rien dit, il la respecte trop pour ça, mais peut-être qu'elle ne le sait pas, hi hi hi, je ris mais je ne devrais pas, je suis vraiment un sale môme).

– Non mais alors toi, vraiment, c'est tout ce qu'il parvient à dire en secouant la tête.

Désolé, vieux.

Silence…

Il faut que j'aille pisser. Je me lève et me traîne péniblement aux chiottes. La soirée commence à peine et j'ai l'impression qu'il est déjà trois heures du matin.

Les toilettes sont à l'image de Constance, tout imprégnées de sa conscience de classe : on y voit une immense affiche à la gloire d'un dirigeant social-démocrate. Une vraie femme de gauche. Et laïque en diable, avec ça. Même le jour des obsèques de son fils, qui finira chômeur ou fumeur de crack, comme tous les autres, elle restera à la porte de l'église.

Comme d'habitude quand je suis bourré et d'ailleurs même quand je ne le suis pas, je fais pipi à côté. Tant pis. La conne essuiera. Et pis d'ailleurs, comme disait le grand Igor Tamarin, auquel je me dois absolument ici de rendre hommage, le monde entier est mon cendrier.

Je me reculotte en me regardant dans la glace. Je suis rouge et bouffi. Je me scrute attentivement.

Comme à chaque fois, avec un mélange d'espoir et de désarroi. J'ai tellement peur de vieillir, de ressembler un jour à un vieux papier qui aurait jauni bien inutilement pendant des années dans un tiroir.

Je retourne chez les adultes.

– Ça va ? me demande Antoine, soudain soucieux.

– Je suis las, flapi, fatigué, crevé, réponds-je.

– Vraiment tu exagères, soupire-t-il. À chaque fois que je te vois tu es crevé. Tu n'as jamais travaillé de ta vie, vraiment je te trouve gonflé de dire ça.

Je pense à ce pauvre Rutebeuf, que sont mes amis devenus ? C'est quand les vieux potes se mettent à raisonner et à nous sermonner comme nos parents que l'on commence à se sentir vraiment seul, condamné, incompris, inexorablement. On les méprise un peu, soit. Mais ce mépris et la fierté qu'on éprouve à être différent arrivent à peine à compenser ce sentiment que, décidément, les beaux jours sont derrière nous. Comment avons-nous pu ne pas être digne de ce que nous aurions pu être ?

Tout est foutu, mais je me dois quand même de faire quelque chose. C'est un ami, malgré tout.

– Antoine méfie-toi, tu files un mauvais coton, lui rétorqué-je enfin. Si tu continues comme ça, avec ton air content de toi et ta robuste constitution, avant dix ans tu ressembleras à César Birroteau.

– Comment cela ?

– Tu penses comme un gros, tu as des phrases de gros, tu finiras gros, martelé-je.

Mais contrairement à moi, qui aurai la chiasse solitaire, tes enfants seront là quand tu feras sous toi, me dis-je en aparté. Décidément, le registre scatologique m'inspire beaucoup, je devrais aller consulter un psychanalyste.

– Bon c'est très bien, ironise-t-il, je suis content que mon destin, ma morphologie et les hémorroïdes de ma femme te préoccupent, nous sommes tous très heureux de constater tes dispositions altruistes et de voir à quel point tu as l'air de t'amuser beaucoup, avec ton petit air ricaneur. On se préoccupait justement à ton sujet, Constance et moi. Mais nous constatons que tu as toujours l'air aussi gracieux. Encore un peu de cette grosse bouteille ? ajoute-t-il, cinglant.

Il me connaît. Je branle du chef. Quand je pense que ce mec faisait des concours de bite sur soucoupe au Balto avec la fanfare des Beaux-Arts ! S'il m'avait seulement écouté, j'aurais pu en faire, je ne sais pas, moi, un chômeur, carburant au Prozac.

Mais non. Il ne m'écoute plus. Comme disait ma grand-mère, ça ne sert à rien de vouloir faire le bonheur des autres malgré eux. La mère Denis disait, elle, fais du bien à un vilain, il te chie dans la main. C'est un point de repère intéressant, ça, la mère Denis, dans un monde qui n'en a plus.

Je les regarde tous. Constance a pris son enfant dans ses bras, oh, mais qu'est-ce qu'il braille ce môme, c'est pas possible !

La conversation reprend de plus belle, toujours l'économie. Apparemment, ils ont décidé de m'ignorer, à moi d'en tirer les conséquences.

Je suis vraiment obsédé par cette fille et bien trop saoul pour être capable de me contrôler. Je la fixe intensément. Peut-être devrais-je lui demander son numéro de fax, en douce, au moment propice, quand les autres auront le dos tourné ? Oui, mais elle me rira au nez, certainement, en plus j'ai même pas de fax. Merde, Anne, déconne pas, t'as même pas trente ans, tu vas pas gâcher ta vie avec ces connards, viens avec moi ! Tu dois être tellement bonne sous l'homme mais tu ne le sauras jamais si tu persistes comme ça, na ! Je suis ridicule, mais pourtant dites-moi ce qui peut bien se passer d'autre dans la tête d'un homme seul qui en a marre de se masturber, face à une fille dont je sens avec mon infinie arrogance qu'elle ne saura jamais ce que plaisir et extase veulent dire alors que si j'étais là, au bout de trente secondes elle en viendrait même à regretter son mari. Qui voudrait de moi, pâle imitation de clochard ? Ma tête, c'est un vrai sac à merde. Je suis désespéré.

C'est alors que je suis pris d'une de mes crises de nihilisme allemand, je dis allemand parce que je ne sais pas comment mieux définir cet art qui consiste à se détruire en voulant absolument péter plus haut que son cul.

– Bon, c'est bien joli vos histoires de caca 40, dis-je brutalement, mais on n'en a rien à foutre, moi une seule chose m'intéresse : Anne, est-ce que tu suces ?

Et voilà ! Toujours la poésie…

Je devrais avoir honte, et pourtant non, c'est tellement bon de pouvoir dire merde, même quand ça ne sert à rien, surtout quand ça ne sert à rien.

– Non mais, tu vas pas bien ! s'exclame Antoine.

– De mieux en mieux, fait Constance.

Ces deux-là vont s'engueuler tout à l'heure à mon sujet, c'est clair.

Anne hausse simplement les épaules, d'un air de dire pauv'con.

Quant à Bertrand, il faut bien qu'il fasse l'homme, sa virilité est en jeu.

– Bon, c'est ton ami, dit-il à Antoine, mais je me demande s'il n'y pas quelquefois des coups de pied au cul qui se perdent avec les sales gosses ?

– Fais pas ça, Roger, tu vas abîmer ton cor au pied, persiflé-je.

– Mais il est insupportable ce garçon, dit Anne.

– Comme toujours, renchérit Constance.

Antoine doit prendre une décision, il est chez lui et je suis son ami. Il m'attrape par le pull-over, doucement mais fermement.

– Tu es bien gentil, tu t'es bien amusé, mais maintenant tu t'en vas avant que je ne me fâche...

– Bon, dans ces conditions, fais-je en me levant.

J'essaie de sortir dignement, mais il ne m'en laisse pas le loisir.

– Allez, maintenant tu dégages, allez, plus vite que ça !

– Touche-moi encore et je te mets le doigt dans l'œil ! je hurle.

Mais il s'en fout, il me pousse, me bouscule jusqu'au fond du couloir, la porte se referme, c'est fini.

Je redescends à pied, à la fois honteux, rigolard et un peu effaré. Décidément et comme toujours, *Too much ado for nothing.* Salut à toi, Shakespeare !

On doit parler de moi là-haut, enfin j'espère, c'est ce que je voulais, de toute façon.

Je me demande si je les reverrai. S'ils me pardonneront. Oh, je suis bien tranquille là-dessus. Ils me pardonneront. Même cette garce de Constance doit être en train de faire la part des choses, de dire qu'il y a en moi quelque chose, malgré toutes mes frasques, mais enfin, tout de même !

Oh, ce n'est pas exactement qu'ils me renient, non, c'est plus compliqué que cela. Ils me conservent leur amitié. Il faut seulement que ce petit malheureux se lance un peu dans la vie, qu'il s'assume, trouve du travail et une petite copine régulière. Qu'il se stabilise. C'est pour son bien, naturellement.

Alors, écoutez-moi bien, bande d'enculés : vivez, croissez, multipliez, enrichissez-vous par le travail et par l'épargne. Mais ne devenez pas grands-pères trop vite. Car le jour viendra où, même après mon troisième lifting, j'arriverai encore à baiser vos petites-filles. Vous mettrez ça sur le compte de leur inexpérience et de ma lâcheté qui m'autorise à abuser de leur innocence. Vous aurez tort. Elles viendront à moi à vingt ans parce qu'elles verront qu'il reste encore un peu de vie en moi, et même en elles, malgré vous, avant que vous ne les ayez formatées ! Qu'elles se dépêchent. Quand elles auront trente ans, il sera trop tard. Elles seront trop vieilles pour moi.

Il fait nuit noire. Je m'enfonce dans Paris, les mains dans les poches de mon blouson en croûte de porc. Il fait froid. Je suis tout seul. Je suis un homme en fin de droits. C'est dimanche.

UN PIED-DE-BICHE DANS LE COFFRE DE LA BAGNOLE À ROBESPIERRE

Voici venu l'hiver de votre mécontentement !
LUKE LA MAIN FROIDE

C'ÉTAIT L'HEURE. On allait enfin la faire, la révolution. Le gouvernement venait de déposer un énième projet de loi de réforme des universités, incapable de comprendre, dans son absolue cécité, qu'il ne fallait pas toucher à l'école dans ce pays. Le tout assorti des provocations habituelles, proférées par certains députés de la Majorité, soucieux d'être les porte-parole de la fraction la plus dure de leur électorat, qui est aussi souvent la plus minoritaire, mais seules les grandes gueules savent se faire entendre. Grâce à ces maladroits, on allait enfin pouvoir effacer la honte d'être nés trop tard, on n'avait pas fait 68, on n'avait pas su se tromper avec Sartre, on n'avait même pas été maos. Notre péché originel. Mais maintenant, ça allait changer. Fini de rigoler, les mecs. On allait enfin écraser l'Infâme, dégueuler le libéralisme, botter le cul aux Américains, réconcilier les intellectuels et les travailleurs, construire l'Europe sociale. Casser la gueule aux bourgeois aussi. J'en étais pourtant un, moi, de bourgeois, on me l'avait assez reproché dans ma banlieue, enculé de bourge je me disais depuis des années. J'allais enfin pouvoir renier cruellement mes origines, être libre... Du passé faire table rase...

Nous allions entrer dans la carrière, nous aussi... Fallait surtout pas oublier d'envoyer un fax à Cohn-Bendit, qu'on lui explique, pour qu'il soit bien fier de nous.

J'ai sorti mon foulard pour me protéger des mouchards et des lacrymos, mon lance-pierre et ma sarbacane. Histoire de me chauffer un peu, j'ai écouté une vieille chanson des Who, qui disait « *We won't get fooled again.* »

Je suis descendu dans la rue. *We won't get fooled again.*

On a commencé à tourner dans le quartier, sans vraiment savoir où aller, le but était de rencontrer les flics, les pousser à montrer leur force et leur supériorité bien dégueulasse. Ils étaient sûrement planqués quelque part, pas de panique, on allait bien finir par les trouver. Les gens sortaient des bars, des portes cochères et des bouches de métro pour nous rejoindre, c'était incroyable, tout un peuple en colère, le Paris de la Commune et des obsèques du général Lamarck.

En fait, c'était plutôt le Paris des banlieues. Des jeunes mecs, qui n'avaient pas vraiment des têtes de contemplatifs. À mon avis plutôt inspirés par le baston que par les cours de géopolitique à la Sorbonne. Je n'étais pas étudiant moi-même. Seulement soucieux de trouver une activité socioculturelle pour occuper mon samedi soir, avec le secret espoir d'une fin rigolote, j'entends par là les bagnoles de nos pères qui brûlent. Je faisais partie d'un mouvement spontané en quête d'émotions dont le mot d'ordre était Merde !

Au bout d'une heure, on était des milliers, à gueuler de plus en plus fort des slogans violents ou rigolos, mais plutôt violents, les foules manquent souvent d'humour. D'ailleurs on n'était pas là pour rigoler. On n'était plus en 68, justement. On avait de moins en moins de boulots, dévorés qu'on était par des machines de plus en plus rapides et sophistiquées, non salariées, non syndiquées, non fumeuses, pas de problèmes d'alcool non plus, jamais malades, sans états d'âme ni conscience politique, toujours à l'heure, plus besoin de petits chefs, à part les pipes elles savaient tout faire, elles pouvaient même dire *oui patron* dans toutes les langues, même en *peul* et en *wolof*, sûrement une blague des constructeurs, parce que franchement, le *peul* et le *wolof*, dans les relations internationales...

La première vitrine vola en éclats à l'angle du boulevard Saint-Michel et de la rue Soufflot. Une boutique de fringues parmi tant d'autres. De nos jours, Robespierre partait pour le Grand Soir avec un pied-de-biche et une barre à mine dans le coffre de sa bagnole. Les nouveaux Moscoutaires au service de l'Ordre, de l'Argent et de la Peur allaient encore nous traiter de bandits-vandales-racaille-voleurs. Ils auraient grand tort. À travers le Prêt-à-Porter, c'est bien la Société de Consommation qui était par nous visée. Il ne fallait surtout pas mésestimer la portée symbolique de cette jacquerie. Il s'agissait bien d'envoyer un message à la classe politique et aux corps constitués. C'est ce que je me suis dit en chourrant une veste mi-saison à carreaux bleu et gris. Sans états d'âme ni scrupules aucuns, sûr de mon bon droit, d'ailleurs on m'avait coupé le RMI, fallait bien que je me couvre. J'ai piqué une cagoule aussi, ça me donnait une tête de zapatiste, impossible de me reconnaître désormais.

On s'est ébranlés vers la prochaine vitrine. La foule était divisée face au pillage généralisé. Certains applaudissaient, d'autres avaient l'air vachement gênés sans pourtant oser rien dire. On sentait poindre les premières divergences sur les suites à donner à notre mouvement, surtout chez les bandidos, qui commençaient à se quereller à propos du partage du butin. Un cameraman qui filmait de trop près s'est fait latter, je me suis dit il a quand même de la chance d'être tombé sur des Zyvas et non pas sur des Skins, les Nike dans la gueule c'est quand même moins douloureux que les Dock Martins, c'est comme chez les Indiens, il y a des tribus moins belliqueuses que d'autres. Bâtard, enculé, l'insultaient les voleurs supérieurs en nombre encagoulés.

Je crois que ce mouvement manquait d'âme. On était à court de messianisme, c'était un peu cafouilleux tout ça, de la violence mal dirigée. En plus, il fallait compter avec les retombées médiatiques, on allait avoir l'air malin au 20 heures, en train de chaparder et de mettre des coups de boule aux journalistes. Ces petits jeunes avaient besoin d'un père Joseph pour les conseiller et canaliser leur colère justifiée. J'ai sorti mon calepin, et commencé à rédiger l'ébauche de mon programme politique en dix points pour être heureux :

1. Nommer le sous-commandant Marcos président à vie.

2. Interdiction du travail, des dispenses spéciales pouvant néanmoins être accordées à ceux qui

souhaitent trouver un emploi pour se mettre en grève.

La mise hors la loi des travailleurs aurait pour conséquence de désigner clairement les fraudeurs, privilégiés, exploiteurs, montrer du doigt les 500 familles qui bossent encore, les couvrir d'infamie, les désigner à la vindicte populaire.

Il faudrait néanmoins savoir faire preuve de réalisme : l'émancipation finale, à laquelle on donnerait le joli nom de *farniente*, ne pourrait intervenir que par étapes. Il faudrait auparavant mettre en place une période de transition, connue sous le nom de *Nouvelle Politique économique*, qui proclamerait, paradoxalement, la mise hors la loi du chômage.

La contradiction dialectique entre le but (rien foutre) et les moyens (le droit au travail) n'était qu'apparente. Il fallait en effet tenir compte du poids des mythes révolutionnaires et de la Lutte des Classes dans notre beau pays. Ceux-ci nous poussent au combat et au mépris légitime du Consensus (comme dirait le groupe *NTM*, le mot consensus signifie, en langage patronal : écarte donc ton trou de balle). En d'autres termes, plus compréhensibles pour la base qui ne connaît pas forcément Georges Sorel et ses *Réflexions sur la violence*, il faut toujours dire non quand le Patronat dit oui.

Il s'agit donc, au nom d'un devoir impérieux d'émancipation et de victoire symbolique, d'imposer à celui-ci ce dont il ne veut pas entendre parler (créer des emplois), tout simplement parce qu'il ne veut pas en entendre parler. Et ce, même si ce droit au travail s'oppose à notre droit à la paresse.

Ayant ainsi triomphé une première fois, nous vaincrons définitivement le jour où nous quitterons pour toujours et à jamais notre lieu de travail, non pas parce que les patrons ne voudront plus de nous, mais parce que NOUS, ne voudrons plus d'EUX et de leur système d'exploitation imbécile.

Cette révolution pacifique se terminera par un défilé monstre à la Bastille, des millions de gens dans la rue le majeur levé bien haut vers le ciel. Alors on s'assoira tous autour d'un grand feu, et on fumera le calumet de la paix en attendant la Réincarnation.

Il faudra néanmoins rester vigilants, en se méfiant d'un coup de vice des patrons capables de nous réincarner en machines, ce qui réduirait à néant notre émancipation et nous ramènerait brutalement à notre servitude initiale. Au cas où ce pire n'arrive pas, les richesses produites seront redistribuées en taxant lourdement les machines travaillant à notre place.

3. Décréter l'abolition des naissances, on va tous crever, alors c'est péché d'enfanter. Parties de foot obligatoires dans les écoles avec les fœtus avortés, j'imaginais déjà les futures mères en train de s'enchaîner.

Pour les petits enfants encore en vie, et en codicille de notre politique familiale, une cartouchière de préservatifs sera suspendue tous les ans autour de chaque sapin de Noël.

4. Obliger les gens qui votent à droite à voter à gauche, et inversement. Cette proposition de loi sera soumise à référendum, et sera adoptée seulement si plus de 50 % des partisans du NON votent OUI (ou inversement).

5. Donner le prix Nobel de la paix à Ed l'Épicier pour toutes ces années où il nous a si bien nourris quand le capitalisme triomphait.

6. Supprimer Ed l'Épicier, au nom du droit des peuples à disposer d'une alimentation décente et raffinée maintenant que règnent l'abondance et la prospérité. Au passage, rétablir la peine de mort pour ceux qui mangent leur steak à point et non pas saignant comme il se doit. Ne pas oublier de punir les cuisiniers, leurs complices (nous abordons ici le volet purement répressif de mon programme).

7. Apprendre l'arabe à Philippe Bouvard.

8. En nous inspirant de certaines traditions orientales, couper la main droite à tous ceux qui

jouent le Sans-Atout à la belote, après consultation préalable des membres de la F.F.BEU (Fédération Française de Belote), la seule institution dont je sais respecter les règles.

9. Par un processus de colorisation compliqué, devenir tous noirs, comme ça on aura tous des gros sexes.

10. Le point dix reste à définir. Il s'appelle l'Imagination.

Un tel programme pouvait surprendre par son audace et son originalité. Il s'efforçait pourtant de prendre en compte les mutations technologiques et culturelles de cette fin de siècle, en proposant une alternative crédible au libéralisme. Par ailleurs, je n'étais pas hostile au compromis sur quelques points litigieux, j'avais moi-même conscience de certaines faiblesses, en particulier en ce qui concernait les points 1 à 10. D'une manière générale, l'aspect légèrement répressif de mon programme me gênait un peu. On allait beaucoup interdire dans ma révolution...

Pendant que mes camarades continuaient à s'habiller pour l'hiver, j'ai commencé à comparer les avantages et les désavantages de la révolution.

D'abord, était-ce ma révolution ? J'avais élaboré un programme séduisant, certes. Serait-il pour autant compris et accepté par la majorité ? Ne serait-il pas, au contraire, dénaturé, caricaturé par tous les peine-à-jouir qui, choqués par ses aspects novateurs, n'hésiteraient pas à le qualifier de canular contestataire, le jetant ainsi aux poubelles de l'Histoire ?

J'avais par ailleurs, dans mon arrogante suffisance, négligé un point tout à fait capital : je n'étais certainement pas le seul à avoir un programme. Les autres, plus forts, plus nombreux, plus cons, devaient rivaliser en démagogie pour imposer le leur, beaucoup moins généreux, tolérant et raisonnable que le mien.

J'imaginais le pire : on allait tous devenir écolos, plus le droit de fumer, de baiser ni de picoler, devoir être purs et propres, bouffer des pissenlits et de la merde macrobiotique, apprendre à détester *Charlie Hebdo* et *Le Monde diplomatique* quand leurs idées seraient au pouvoir, on serait même obligés d'aller à la corrida en cachette ou de tuer le cochon pour se sentir libres.

J'imaginais le meilleur aussi : on allait enfin faire rendre gorge à tous ceux qui nous avaient fait du mal. Laisser parler notre juste colère en s'attaquant à quelques figures ou édifices emblématiques.

Commencer par brûler la Bourse, cette grande prêtresse toujours avide de nous sacrifier à tous les Moloch des marchés financiers !

Raser le CNPF, on bâtirait à la place un édifice de marbre blanc aux dimensions pharaoniques sur lequel on inscrirait sobrement les mots suivants : LE CNPF ÉTAIT UN ENNEMI DE LA LIBERTÉ, LE CNPF N'EXISTE PLUS.

On allait rééduquer les experts et journalistes économiques, avec un traitement spécial pour Alain Minc qui allait enfin devoir faire la preuve de ses compétences en vendant des chasse-neige aux Africains.

Il ne faudrait pas oublier non plus de punir les traîtres, syndicalistes et politiques dévoyés, plumes et goudron pour les hommes, tondeuse pour les femmes.

Il est également conseillé de tirer profit de ces époques troublées pour régler quelques comptes personnels, la délation étant en général un moyen efficace et peu dangereux de vider certaines querelles…

Un mec à côté de moi était justement en train de faire part à un autre de ses modestes propositions pour résoudre le problème du chômage. Donne-moi dix patrons, il disait, pas des méchants patrons bien dégueulasses, des gentils, hein, qui licencient malgré eux, que ça leur fend le cœur, mais ils sont obligés, à cause des charges sociales. Pends-les tous à des crocs de boucher, et tu verras s'il y en aura encore, des licenciements, conclut-il en ricanant.

Brrr… ! Elle allait être un peu violente, ma révolution…

Les vitrines de la librairie ont volé en éclats. Et là, devant moi, trônant comme une vieille pute aguichante le long d'un trottoir, le fruit défendu : les trois volumes du *Journal* de Léautaud, avec l'index en sus, en sus ! Il suffit de se baisser… Je tends la main pour m'en emparer… Un mec barbu, bonnet sur la tête, s'approche de moi. Une tête d'agitateur à faire fantasmer les Renseignements Généraux, je l'imagine avec des boulons dans ses poches et toutes sortes de munitions pour exciter les poulets, il est venu pour en découdre, c'est sûr.

– Touche pas à cette littérature bourgeoise, aboie-t-il !

Il a l'air très en colère. Je suis à deux doigts de sentir le fagot. Il faut dire qu'il en impose, ce petit bonhomme, avec sa barre de fer et sa morve au nez.

– Laisse tomber les livres, c'est de la merde, me jette un autre.

J'obtempère et laisse Léautaud à sa solitude. Je suis perplexe. D'accord, Léautaud était antisémite et professait un amour suspect pour les animaux, mais tout de même. S'agirait-il de remplacer un ordre par un autre ordre ? Mes compagnons seraient-ils des adeptes de l'autodafé ? Peut-être va-t-il bientôt être temps pour moi de me désolidariser.

«Je hais tous les drapeaux, y compris le drapeau rouge. Je suis un bourgeois, et ne me mets pas un faux nez de prolétaire. Je ne reconnais de valeur qu'au raisonnement irréfutable.»

GEORGES DARIEN

Au bout de cinquante magasins détruits, pillés, saccagés, on a enfin trouvé les CRS qui nous attendaient bien sagement de l'autre côté de la Seine. Tout le quartier était bouclé. Les poulets allaient attendre la fermeture du métro. D'ici à une heure, il serait très difficile de s'échapper, sauf pour ceux qui, comme moi, avaient la chance d'habiter dans le coin. Je connaissais la musique... Nous allions bientôt rentrer dans le fameux cycle provocation-répression, qui se terminerait tard dans la nuit par le nettoyage des dernières poches de résistance, j'entends par là le tabassage en règle des endurcis sur lesquels on peut taper sans vergogne, d'ailleurs ils étaient là pour ça, à se demander s'ils n'avaient pas été recrutés par le gouvernement dans une agence de casting.

Les Parisiens se réveilleraient au milieu d'un vrai cauchemar, un des centres historiques de notre vieille ville ravagé par une bande de vandales pires qu'une nuée de sauterelles, magasins kapputs et cadavres de voitures calcinées. Bien sûr, les services de la voirie municipale attendraient le lundi matin pour tout nettoyer, histoire de laisser aux populations le temps de méditer sur les conséquences de nos actes.

J'aurais dû rentrer chez moi. Mais j'ai préféré rester encore un peu pour voir la suite, au nom d'une curiosité malsaine et complice, cette complicité passive dont ont tellement besoin toutes les minorités agitées.

Les pierres et les boulons ont commencé à pleuvoir sur ces compagnies en uniforme dont les initiales déshonorent le joli nom de République. Un pas de danse compliqué s'est instauré entre nous et les forces de l'ordre. De temps en temps les poulets faisaient un pas en avant, et la foule cinquante en arrière. Ça m'a fait penser à une chanson qu'on chantait en colo, moi j'avance et toi tu recules, comment veux-tu, comment veux-tu que je t'encule ? Une petite bandes d'acharnés, parmi lesquels je reconnus mon pote, celui qui n'aimait pas Léautaud, commença à construire une barricade de voitures en feu juste derrière nous. En cas de charge on avait donc le choix entre les flammes et des bottes de CRS. Très malin. Ces adeptes de la guérilla urbaine n'attendaient qu'une chose, qu'on se fasse tous piétiner, pour avoir enfin leurs martyrs, dont ils n'avaient que foutre. Un type s'est mis à pleurer parce qu'on avait brûlé son camping-car, un vieux vévé tout déglingué.

– Bande de salauds, je dors dedans, il gueulait.
– T'avais qu'à pas le laisser là, Ducon, ils lui répondaient, même pas gênés.
Sur le pont, les poulets s'approchaient…

La matraque s'est abattue pile sur l'arête du nez, j'ai eu l'impression que le TGV m'arrivait dans la gueule. Une vieille dame m'a fait un rempart de son corps, dans toutes les manifs il y a toujours une vieille dame pour protéger notre jeunesse.
– S'il vous plaît, monsieur l'agent, arrêtez, par pitié, pleurnichait-elle.
J'ai réussi à m'échapper…

Je suis rentré chez moi à moitié en larmes, bien dégoûté par toute cette violence. Avec pour seule consolation la pensée de pouvoir bientôt exhiber fièrement mes plaies et mes croûtes. Mes petits copains de banlieue avaient raison. Je n'étais qu'un bourgeois tombé dans la crotte, bien incapable de participer aux sombres colères du peuple. Malgré une passion romantique pour les sans-culottes et un certain talent pour l'invective, je ne serais jamais qu'un jouisseur avide de faire subventionner sa paresse, un noceur de fin de banquets, au fond plus Danton que Robespierre. Je ne serais jamais commissaire du Peuple. Je faisais tout au plus partie des foules sentimentales de Souchon.
Une bouteille de scotch m'attendait à la maison.

Je l'ai giflée en moins d'une heure. J'étais tellement bourré ce soir-là que j'ai réussi à péter ma télé en me prenant les pieds dans la moquette.

Comme quoi, Rousseau et les révolutionnaires avaient raison. Il faut toujours avoir foi en l'homme. Même sans le faire exprès, il peut toujours se libérer de ses chaînes.

ET MAINTENANT ?

ANARCHIE PETITE-BOURGEOISE À DONF !

PUNK'S NOT DEAD !

James, la Rolls Royce.
Allons faire la bombe !
LES LUMIÈRES DE LA VILLE

J'AI COMMENCÉ par vomir par la fenêtre. Deux amoureux s'y bécotaient en regardant Paris. J'ai dû les bousculer pour aller me répandre sur la gouttière. Le petit couple m'a regardé d'un air dégoûté, il paraît même que la jeune fille a fait beurk ! Tout le monde s'en souvient. Pas moi. Je ne me souviens d'ailleurs de rien. L'ivresse me rend parfois amnésique. Heureusement que je ne suis pas tout seul. Mes amis, je devrais plutôt dire mes compagnons de vomi, soucieux de préserver ma réputation, sont toujours là pour me rappeler mes états de service. Nous communions alors ensemble dans la nostalgie de ces moments épiques. Le souvenir de certains des grands chapitres de ma vie dépasse d'ailleurs largement le cadre restreint de mes amis. Je croise en effet souvent mon passé dans les regards véhéments que m'adressent des visages pour moi inconnus.

J'ai l'habitude de ces regards.

Ils appartiennent à tous ceux qui n'ont pas su m'apprécier quand j'étais là. Tous ceux qui ont eu la chance de nous recevoir, moi et mes potes, chez eux, quelque part dans Paris, un samedi soir, entre bière, whisky et pétard.

La soirée s'annonçait pourtant très calme.

Il existe trois sortes de samedis soir :

Le samedi soir glauque, que l'on passe chez soi, tout seul, en faisant semblant de bouquiner, au fond incapable de faire quoi que ce soit, perturbé par le silence de ce téléphone qui se refuse à sonner. Ces soirées-là, en dehors de l'ennui mortel qu'elles suscitent, nous remettent atrocement en question. Nous entendons les cris de joie qui montent de la rue. Toute cette frivolité qui dégueule de partout, sans nous, à travers Paris, nous semble insupportable. Nous avons l'impression que l'humanité tout entière est un gigantesque lupanar dont nous sommes à jamais exclus. Qu'avons-nous donc fait pour être ainsi mis à l'écart ? Pourquoi ? Le méritons- nous ? Où sont nos amis ? Avons-nous encore des amis ? Tous à nos calepins, nous recomposons sans cesse et sans cesse des numéros de téléphone pour tomber sur des répondeurs qui ont l'air de nous dire merde

Quoique de plus en plus fréquent, le samedi soir glauque, soirée morbide, ne constitue pas encore la norme de nos vies. Il peut être évité par la conjugaison de quelques solitudes et la mise en place de solutions de dépannage. Il suffit d'un appartement accueillant pour organiser une petite bouffe ou échanger quelques cartes en parlant du cul des femmes. Ces soirées-là, quoique peu exaltantes, nous permettent au moins d'échapper à la morosité dans une ambiance paisible et conviviale. De la même manière que les samedis glauques nous obligent à faire le point avec nous-même, les samedis calmes nous permettent de faire le point avec les autres. Ils se terminent en effet souvent par de grandes discussions, jusqu'à tard dans la nuit, au cours desquelles nous constatons que nous avons encore des choses à nous dire loin des frivolités de la musique et de l'alcool.

Les samedis soir agités sont bien sûr ceux vers lesquels se tournent nos préférences. Ils consistent en de grandes soirées chez les autres, qui en général ne nous ont pas invités, ce qui accroît d'ailleurs d'autant plus notre espace de liberté. Libérés des contraintes sociales qui nous affligent toute la sainte journée, nous prenons enfin le droit d'être nous-mêmes, ivrognes, fêtards, sensuels, dégénérés. Dix ans qu'on se construit des souvenirs en vidant des bouteilles de scotch chez les autres ! Dix ans qu'on visite les appartements parisiens, de la chambre de bonne au triplex avec piscine, de la rive droite à la rive gauche ! Saoulés de femmes et d'alcool, nous en arrivons alors à croire au bonheur et à notre éternelle jeunesse.

J'étais pourtant bien loin de songer à la *dolce vita* ce samedi-là. Je venais juste d'accepter, en désespoir de cause, une invitation à dîner chez des gens sympathiques qui ne m'étaient rien. Des jeunes gens un peu comme il faut, toujours dignes même quand ils s'amusent, le contraire de moi. Je les soupçonnais de me mépriser un peu, tout en ayant besoin d'un bouffon pour égayer leur soirée. Ils m'appréciaient avec condescendance.

J'avais à tout hasard laissé le numéro de téléphone de mon hôtesse à mon ami Jacques. Jacques n'avait absolument rien à me proposer, n'était au courant de rien, mais on ne sait jamais, parfois, certains potes, saisis de remords tardifs, se souviennent soudain que vous existez et vous téléphonent vers les minuit pour vous refiler les bons plans du jour.

Le dîner fut gentil et un peu chiant. Dix personnes, que des couples se tenant gentiment par la main, on les imaginait déjà dans dix ans avec quelques enfants. Quelque chose me mit tout de suite mal à l'aise : j'étais le seul fumeur. Je suis toujours mal à l'aise au milieu d'une assemblée de non-fumeurs. Comme les buveurs d'eau, je les soupçonne immédiatement de tristesse et de puritanisme. D'ailleurs, c'est ce qu'ils étaient : tristes et puritains.

Une chose m'agaça prodigieusement : comme toutes les majorités arrogantes et sûres d'elles-mêmes, les non-fumeurs sont dotés de l'admirable talent de vous faire honte en silence, à l'aide de quelques regards d'une politesse glacée qui vous font bien sentir à quel point vous devez vous sentir coupable d'exister. C'est ce que fit mon hôtesse, qui souligna mon impolitesse en mettant de longues minutes à trouver quelque chose qui pourrait me servir de cendrier, qu'elle me tendit ensuite avec dédain.

Tel est déjà le monde de demain : un monde de non-fumeurs et de buveurs d'eau, mollasse et résigné, coupable de modération et soumis au conformisme puritano-parpaillot. « Un cauchemar climatisé » dans lequel l'homme des tavernes sera bientôt tenu de noyer sa détresse, avec retenue et élégance, dans des petites bulles gazeuses ornées d'une rondelle de citron.

En attendant, je n'avais plus qu'à passer le temps en me livrant à mes facéties habituelles et en buvant quelques verres. Avec un peu de chance et en me dépêchant, je pourrai toujours me masturber avant de me coucher, à la vision des images brouillées du porno de Canal Plus.

Je m'étais déjà résigné à cette triste perspective lorsque Jacques téléphona.

– Salut, c'est le Père Noël. Je nous ai trouvé une petite fiesta pour ce soir. On passe te prendre en bagnole dans trois quarts d'heure. Rendez-vous place Gambetta, devant la mairie du XXe.

– O.K. ça roule.

Sacré Jacques ! Je l'aurais embrassé si j'avais pu ! Une fois de plus, on allait tuer l'ennui. Dans moins d'une heure je serai avec mes potes, en train d'écrire une nouvelle page de la saga des morts de soif…

Il ne me restait plus qu'à me mettre en condition. J'ai donc profité des quelques minutes qui me restaient pour vider la bouteille de rouquin, j'aime bien arriver un peu saoul à une fête, ça facilite tout de suite les contacts, en plus on ne sait jamais, il faut savoir prendre ses précautions, on tombe parfois sur des goujats qui ne savent pas recevoir les pique-assiettes et nous obligent à boire les bouteilles de mauvais vin qu'on est allés acheter chez l'Arabe du coin.

La bouteille terminée, j'ai trouvé une excuse pour m'éclipser et prendre congé de cette bande de fesse-mathieux. Je suis sorti dans la rue. Il y faisait un froid glacial, à vous geler les poils du nez.

Jacques et les autres m'attendaient dans leur voiture place Gambetta. Même avec les vitres fermées, on reconnaissait de loin le son de la salsa. En montant dans la bagnole, je me suis dit, quand même, c'est bon de retrouver ces sacs à vin.

Ralph et Julien étaient de l'affaire. Tout le gang était là.

Il existe certainement bien des manières pour nous définir. Je n'en retiendrai qu'une: sur les quatre, aucun de nous n'a fait l'armée!

Nous formons un quatuor efficace et compétent, le véritable cauchemar de vos soirées. Je me demande d'ailleurs lequel de nous est le plus insupportable.

Je suis sans conteste le plus bruyant, mais aussi le plus inoffensif. Ayant horreur de toute forme de violence, physique ou verbale, je me contente d'être sale et mal élevé.

Malgré ses bonnes manières et son aspect civilisé, Julien aime à se rappeler ses origines bretonnes quand il est saoul, et ne dédaigne pas de balancer de temps en temps quelques coups de boule, pour des raisons souvent très obscures qui d'ailleurs lui échappent. C'est notre spécialiste coups et blessures. Le roi de la tectonique des claques.

Ralph, lui, adore montrer son cul ou se livrer à toutes sortes de conneries pour faire marrer ses potes, ça ne fait d'ailleurs souvent marrer que ses potes.

Il n'est pas le seul.

En général, nos conneries ne font rire que nous-mêmes.

Quant à Jacques, c'est notre DJ attitré. Il se trimballe toujours avec un sac à dos rempli de disques de salsa, il ne vient pas en soirée pour draguer ou picoler, mais pour s'emparer des manettes et passer la musique, c'est comme ça qu'il prend son pied. Non pas qu'il ne soit pas lui aussi porté sur l'alcool et sur le shit, d'ailleurs c'est le seul mec que je connaisse qui possède des actions chez Kronenbourg, à chaque fois que j'en descends une je m'enrichis, il dit toujours. Mais il est aussi le seul à avoir son permis de conduire, ce qui en dit long sur son sens des responsabilités. C'est donc à lui qu'incombe le devoir d'aller coucher la marmaille. C'est pourquoi, confiné qu'il est dans le rôle ingrat du taxi, il se doit de rester toujours plus ou moins responsable et lucide, même quand il nous entraîne dans des mauvais coups.

– Ça va, les aminches, ai-je lancé en leur secouant les mains.

– Ça va, a répondu Jacques, en train de s'exciter comme un percussionniste sur son volant. Et lui, il va bien ?

– Il va bien. Il va même très bien.

– Ça a l'air.

À leur regard complice et amusé, ce regard *on t'a vu*, j'ai réalisé que j'étais déjà totalement saoul.

– Alors, c'est quoi cette fête ? ai-je repris.

– Une fête dans le 15e, chez une copine de copine de Jutta (une vieille amie à nous), a répondu Julien, laconique, sans lever les yeux, concentré sur le joint qu'il était en train de rouler.

Julien et moi sommes en effet les spécialistes en relations mondaines de la bande. Les autres se contentent la plupart du temps de suivre.

Julien a vérifié une dernière fois qu'on avait bien l'adresse et le numéro du code.

On n'avait plus qu'à trouver un Arabe pour acheter quelques bouteilles de pif.

L'immeuble était situé boulevard de Grenelle, le long du métro aérien. Porte, ouvre-toi, a fait Julien, en composant le numéro du code ! Scklinck ! La porte s'est ouverte. Nous étions presque dans la place. Petit obstacle désagréable et imprévu, il nous fallait encore parler dans un Interphone. C'est tes potes, à toi l'honneur, ai-je fait à Julien. Il a appuyé sur un bouton, et j'ai remarqué que ses doigts tremblaient légèrement. C'est à ce genre de petits détails qu'on reconnaît l'angoisse et la timidité chez les grandes gueules.

– Oui. Qui est-ce ? a demandé une voix féminine.

– Nous sommes tes nouveaux amis, a essayé Julien de sa voix la plus suave, en souriant à Interphone.

La fille a gloussé et nous a ouvert. On s'est tous regardés en rigolant. Yoh ! a fait Ralph en levant le poing. Mission accomplie.

Nous avons pénétré dans l'appartement à minuit et demi tapantes. L'heure idéale pour débarquer dans une fête. Comme dans toutes les tribus, nous savons en effet nous plier aux rites et coutumes respectés par la plupart des noctambules. Il ne faut ainsi jamais arriver trop tôt à une fête. Une arrivée trop précoce peut avoir en effet des conséquences désastreuses. Elle donne souvent l'impression fâcheuse d'un certain désœuvrement. Bien qu'il puisse s'en douter, il ne faut jamais donner à votre hôte des raisons de croire que vous êtes là parce que vous n'avez décidément rien d'autre à foutre. Il faut au contraire que tous aient le sentiment que vous arrivez de quelque part avant de repartir ailleurs. Un vrai Parisien se doit d'être un homme occupé et entouré, toujours en train de cavaler, de concerts en expos et de cocktails en vernissages. Ayez l'apparence de quelqu'un menant une vie culturelle intense et il vous sera beaucoup pardonné. Vous pouvez même être érémiste.

Le plus important est bien sûr de ne pas rater son entrée, que tous ceux qui vous regardent et vous jugent en un regard comprennent bien que vous leur faites le cadeau de votre présence. Il est à ce sujet conseillé d'arriver entouré d'une nuée de jolies filles. Il ne viendra alors à personne l'idée de vous chasser.

En dehors de ce problème d'étiquette, certaines raisons impérieuses nous poussent à débarquer relativement tard dans les fêtes : nous ne connaissons pas de jolies filles, nous ne sommes jamais invités et nous avons des sales gueules. C'est pourquoi, quel que soit notre désir de nous faire remarquer, il nous semble plus sage de nous fondre dans la masse. J'en ai fait quelquefois la douloureuse expérience : il n'est rien de pire que de se retrouver en se dandinant gauchement à 11 heures du soir, au milieu d'une vingtaine d'inconnus, alors qu'on ne connaît même pas la patronne. Tout de suite gronde alors le bruit de la rumeur : qui c'est ceux-là, on ne les a pas invités. Il peut même alors arriver que le maître des lieux ait l'idée saugrenue de nous demander de partir. Encore que, on est quand même vachement durs à virer, en plus un tel manque d'altruisme susciterait chez nous un sentiment de rejet et d'abandon, voire de colère, et serait immédiatement par nous sanctionné, je fais confiance à l'imagination de mes acolytes dans ce domaine.

J'ai su tout de suite qu'on était chez des ploucs. Le DJ passait une chanson du chanteur formellement connu sous le nom de Prince. Je n'ai rien contre Le Nain pourpre, j'ai même su parfois apprécier son audace. Il n'y a pourtant aucun doute : quand vous vous pointez dans une soirée où l'on joue un morceau du chanteur formellement connu sous le nom de Prince, vous pouvez être sûr d'être tombé chez des ploucs. Les ploucs écoutent le chanteur formellement connu sous le nom de Prince comme ils lisent un livre une fois par an, le dernier Goncourt, oh oui j'ai lu *L'Amant.* Je suis encore plus snob qu'eux. Par principe, je ne lis jamais le dernier Goncourt. Depuis que Céline l'a raté en 32, je sais ce qu'il faut en penser.

L'appartement faisait dans les 80 mètres carrés, l'idéal pour recevoir. Trois grandes pièces, occupées par une soixantaine de personnes environ, ça manquait encore de monde. Quelques filles se dandinaient en binaire, 1-2, 1-2, un pas en avant, un pas en arrière, elles survivraient à toutes les modes. J'ai photographié tout cela sans m'attarder, sans même regarder si j'avais quelqu'un à saluer.

J'avais plus important à faire.

Comme tous les ivrognes, la première de mes préoccupations, quand j'arrive en soirée, consiste à repérer le buffet pour y faire l'inventaire des alcools. Autant que la musique, le nombre et la qualité des bouteilles sont les indices anticipateurs de notre état d'esprit. Comme en amour, ce sont autant de préliminaires indispensables qui nous permettent de savoir tout de suite si nous ressortirons de là frustrés ou épanouis. Ils contribuent à installer une atmosphère qui définit la qualité de nos rapports futurs avec les autres, en plus j'ai soif.

Le buffet était situé dans une grande chambre, à côté de la pièce principale. Je me suis délesté de mes deux bouteilles achetées chez l'Arabe et j'ai regardé ce qu'il y avait à boire, en espérant tomber sur autre chose que sur du vin rouge. Il y avait deux bouteilles de scotch, dont une de Glenlivet, j'ai écarquillé les yeux, c'était incroyable, du Glenlivet dans une fête, je crois que je n'avais jamais vu ça ! L'ivresse s'annonçait raffinée. Le premier salopard venu osant mélanger avec du Coca ce pur malt 12 ans d'âge, distillé en Écosse par George et J.G. Smith, aurait affaire à moi, je le jure ! J'ai pensé à planquer la bouteille quelque part pour l'avoir rien qu'à moi, la savourer bien tranquillement, la mettre à l'abri des convoitises, plus besoin de tourner sans arrêt autour comme un mari jaloux, mais je n'ai pas osé, on aurait pu me repérer. J'ai terminé mon tour de table en notant la présence de quelques bouteilles de vodka, avec les packs de jus d'orange pour les mélanges, tout était bien.

Je me suis rempli un grand verre de Glen, j'ai allumé ma première cigarette, et pris enfin le temps de regarder les autres. Moyenne d'âge vingt-cinq ans, la couleur dominante chez les filles était le noir, elles étaient à première vue à peu près toutes désirables sans qu'aucune ne soit réellement jolie.

De vilaines toiles étaient accrochées sur les murs, sûrement les œuvres du propriétaire ou d'un de ses familiers.

J'ai parcouru l'appartement à grandes enjambées, pour humer l'atmosphère et prendre quelques points de repères. Le tout en serrant quelques mains que je connaissais, très mondain, très en représentation. Alors cousin, toujours au RMI ? m'a demandé en rigolant une vague connaissance. Comme toi, j'ai répondu sans trop m'attarder, un de ses potes s'est marré. J'aime bien la sociabilité futile qui règne dans les fêtes. J'y croise depuis des années des gens que je connais à peine, dont j'oublie toujours le nom, c'est à peine si nous avons échangé dix mots en dix ans, nous n'avons sûrement rien à nous dire, et pourtant, tant de souvenirs à partager. Souvenirs de petits matins à brailler dans les rues, à danser sur les voitures, *I Like to Move it Move it*, avant que d'aller se coucher, pour se perdre et puis se retrouver, des mois ou des années plus tard, comme des acteurs se croisant sur un tournage.

J'ai retrouvé mes acolytes dans la grande pièce, regardant les filles danser, un verre à la main. Ils se tenaient à l'écart, peu sociables, en train de chuchoter comme des comploteurs. Ils en avaient après la musique, une espèce de soupe californienne immonde qui sentait le surfeur à cheveux longs et le concours de tee-shirts mouillés. Le côté fédérateur de cette merde était pourtant indéniable, tous les gens étaient en train de danser.

– Quelle musique de daube, a fait Jacques en jetant un regard mauvais à la fois aux danseurs et au DJ, on le sentait brûlant du désir de prendre les choses en main.

– Le pire, c'est que ça marche, a renchéri Ralph, dégoûté.

Au bout d'un moment, Julien, beaucoup moins mahométan que les deux autres sur ce sujet, a fini par se laisser tenter en invitant une nana à danser. Honte à toi, ils lui ont fait.

C'est alors que j'ai repéré la reine incontestable de la soirée, assise sur un canapé, bien entourée, un mec de chaque côté, un troisième carrément à ses pieds, tous en train de minauder et de rivaliser en drôleries pour lui plaire, la grande bagarre sous les dehors de la courtoisie.

Elle existait avant tout par ses bottes. Des cuissardes incroyables, enfilées sur des bas noirs, fixées par une bonne cinquantaine de boutons, de longues minutes de boulot pour les ouvrir un à un avec délicatesse, on avait illico envie de tous les arracher ! Encore plus excitant que des petits dessous ! Elle n'avait même pas besoin d'être jolie. Le visage pourtant était mutin, parcouru de petits souris qu'elle adressait de droite et de gauche à ses chevaliers servants. Une seule chose me chiffonnait un peu, elle avait vraiment abusé de l'auto-bronzant ou des UVA.

– Non, mais vous avez vu ça, cette fille avec ces bottes incroyables ! me suis-je extasié devant mes potes.

– Arrête ! Elle est tellement rouge que si tu la mets à un carrefour, toutes les voitures s'arrêtent, a ricané Ralph.

– TAKA lui mettre un tor-CHON sur la TÊTE ! a ponctué Jacques, comme un rapeur.

Pour ce qui est des filles, mes potes sont plus calmes que moi, très habiles à dissimuler leurs érections. Le fait d'être en apparence moins concernés par la chose les rend blasés, voire médisants. J'ai pourtant décidé de leur donner provisoirement raison. Le fait d'avoir déposé mon petit gerbis m'avait plus ou moins dessaoulé. Rendu à ma timidité naturelle, je ne me sentais plus d'âme suffisamment conquérante pour aller parler à ces jolies jambes.

– Bon, c'est pas tout ça, mais je vais aller voir ailleurs s'il n'y a pas de la viande saoule, ai-je conclu, dissimulant comme d'habitude ma trouille et mon impuissance sous une bonne couche de cynisme.

Je suis passé dans l'autre pièce à la recherche de ma prochaine victime.

Elle était suffisamment ingrate pour être rassurante. Pas moche, non. Seulement ingrate, dans son pull rouge trop petit qui soulignait son insignifiance. Elle cachait ses complexes sous une forme de mépris, l'air ailleurs, froide, peu intéressée, certainement cinglante. Agnès, elle s'appelait. J'ai tout de suite su à qui j'avais affaire. Le genre de fille incapable de me comprendre. Quelqu'un qui vous juge non pas sur ce que vous êtes, mais sur ce que vous faites. Elle a quand même consenti à me demander ce que j'en faisais de ma vie, justement, ce qui me mettait toujours mal à l'aise, mais bon, c'était quand même gentil de sa part.

– RMI, 2 047 F par mois, j'ai répondu.

– Je vois… Alors, Guillaume, quel est ton art ? a-t-elle demandé drôlement, au bout d'un moment, en me regardant droit dans les yeux.

– Mon art ?

– Les érémistes fêtards parisiens se prétendent toujours artistes, bien que ce soient surtout des fumistes… Tu es peintre ?

– Ni peintre, ni rien. Pas de projet, pas d'ambition, aucun talent particulier. En fait, je ne fais rien… Je ne travaille pas, mais je mange du poulet élevé sous sa mère, ai-je cru bon d'ajouter.

Elle n'a pas daigné sourire.

– Au moins tu es honnête, a-t-elle conclu froidement.

Ma franchise était bien inutile. Elle m'avait déjà jugé. La conversation a pourtant continué à rouler pendant quelques minutes, par désœuvrement réciproque. Quitte à la blesser, j'ai refusé de lui demander ce qu'elle en faisait, elle, de sa vie, c'est la dernière chose qui m'intéresse chez les autres, du moins tant que je ne les connais pas. L'ivresse me pousse plutôt à poser les questions essentielles, les sujets qu'on a honte d'aborder quand on est sobre, par peur d'être ridicule. L'Amour, par exemple, la quête désespérée de l'autre moitié de nous-même. J'ai questionné Agnès à ce sujet. Elle avait besoin de certitudes, de savoir ou elle mettait les pieds. Pas le genre à montrer son cul à n'importe qui, attention ! Elle se contentait d'attendre celui qui lui permettrait de continuer sa vie de petite fourmi aisée, tout en parant cette mince exigence du joli nom d'Absolu.

– Tu n'as pas encore trouvé la moitié de toi-même ? lui ai-je donc demandé.

– Non, et ce n'est pas encore pour ce soir.

– Bon. Je constate que je ne serai jamais l'amour de ta vie.

– Non, a-t-elle répondu, avec un désir de méchanceté évident.

– Je ne te plais pas ? me suis-je obstiné, avec un sourire de charmeur à trois francs parfaitement ridicule.

– Pas trop, non.

– Pourquoi ? ai-je babillé, de plus en plus caressant.

J'avais vraiment envie de prendre des coups.

– Tu n'es pas mon genre, c'est tout. En plus, le côté bohème, je me lève à midi, le verre de whisky à la main... Je connais, j'ai déjà donné.

– On ne dit pas whisky, mais scotch, ai-je pauvrement répondu.

– Si tu veux.

Jeu, set et match. Je l'avais bien cherché.

Il faudra néanmoins que je songe sérieusement à améliorer mon jeu de fond de court.

Un mec nous regardait, ou plutôt me regardait fixement depuis quelques instants.

J'ai cherché quelque chose à dire à Agnès. La conversation était sur sa fin, mais je ne voulais pas qu'on se quitte comme ça.

– C'est qui, la fille, avec les bottes ? ai-je finalement questionné.

– Oh, celle-là, a-t-elle simplement répondu en se levant. Excuse-moi.

Elle est sortie de la pièce en chuchotant quelque chose à l'oreille du type qui nous regardait. Quel gros lourd, celui-là, ai-je deviné qu'elle lui disait. Le mec s'est approché. Il était assez répugnant. Petit, duveteux, boutonneux, ses baskets avaient l'air trop grandes pour lui, ce n'était décidément pas l'arbitre de nos élégances.

– Ça peut pas marcher à tous les coups, a-t-il raillé.

– Qu'est-ce qui ne peut pas marcher à tous les coups ?

– T'avais envie de tirer ta crampe, et t'as pas eu de chance. Si tu veux, il y a des putes en bas de la rue qui te sucent pour deux cents balles, il a ajouté d'un air mauvais, avant de me planter là.

Je l'ai regardé partir, tout à fait coi et abasourdi par sa vulgarité, il était pire que moi, un être vil et veule évoquant le bruit d'une merde s'écrasant contre un mur. Sûrement son mec, ils étaient aussi moches l'un que l'autre, ça avait l'air de coller. Je comprenais maintenant pourquoi elle m'avait dit ne pas avoir encore trouvé l'amour de sa vie.

– Attends, y'a un problème, ai-je lancé à Jacques qui passait par là avec Julien, sa bière à la main. Y'a un mec qui m'a agressé. Je crois qu'il avait vraiment envie de me péter un coup de tronche.

– Le petit bonhomme, là ? a raillé Jacques, du haut de son mètre quatre-vingt-dix. T'as qu'à me le dire si il t'embête, je m'en occupe, il a ajouté, très protecteur.

– Ouais, c'est ça, viens nous chercher, on s'en occupe, a renchéri Julien, qui commençait à être ivre, on sentait qu'il se dépouillait progressivement de ses bonnes manières et de son élégance naturelle.

Il s'en passait des choses, dans la salle à manger ! On nous avait installé un atelier peinture, apparemment l'idée était de se servir des murs du patron comme d'un grand espace de création sur lequel les artistes avaient le droit de s'exprimer. C'était comme à *La Dernière Séance*, il fallait une attraction pour égayer la soirée. Un mec en salopette était en train de peindre sur un des murs. Je me suis dit, quand même, il a pas peur, le patron, de nous sortir des pots de peinture et des pinceaux à deux heures du mat', alors qu'on est tous complètement cramés. J'ai d'ailleurs réalisé que je ne savais toujours pas qui c'était, le patron.

J'ai essayé de pénétrer dans l'imaginaire de l'artiste. J'ai d'abord cru qu'il dessinait des hiéroglyphes compliqués, en plus on voyait pas très bien, il avait la tête dessus.

C'est alors que j'ai compris : il peignait un gigot.

CE MEC ÉTAIT EN TRAIN DE PEINDRE UN GIGOT !

Un énorme gigot, sur tout le mur, qui vomissait son sang noir, ça dégoulinait de partout, ils avaient même pas étalé du papier par terre pour protéger le carrelage. À son air satisfait, j'ai compris que ce garçon avait certainement des comptes à régler avec le patron.

– Ah ouais, c'est..., j'ai commencé, sans être capable de terminer ma phrase, d'ailleurs il n'y avait pas de mot pour décrire ce qu'il avait fait.

– Ben quoi, il voulait une performance gratos, il l'a eue, m'a-t-il dit, avec un immense sourire.

Les gens ne dansaient plus. Ils étaient tous en train de regarder avec un air ébahi l'étron de couleur noire. Non, j'y crois pas, s'est esclaffée, morte de rire, une espèce de blonde avec une crinière de fausse lionne.

Jacques, qui n'attendait que ça depuis le début, a profité de la confusion pour s'emparer de la sono.

– Et maintenant, SALSA, a-t-il gueulé, en frappant dans les mains.

Il a commencé par un vieux live de la *Fania All Stars*, un air joyeux qui plaît à tout le monde, surtout à ces heures moyennes de la nuit, quand les gens sont bien saouls et doivent se dépêcher de faire la fête avant le petit matin. Tous les fêtards sont arrivés en tapant dans les mains, surtout ceux qui n'avaient pas été invités, tandis que d'autres nous regardaient d'un air dégoûté. J'ai commencé à danser avec une fille, tous les deux comme des contorsionnistes, la croupe ondulante, enfin libérés de nos chaînes, ses cuisses remontaient le long des miennes, on se souriait, du défi plein les yeux, j'étais enfin heureux, loin de toute cette merde. La fête commençait. On était chez nous, désormais. Merci Patron.

Au bout d'un moment, je suis allé faire un tour à la cuisine. Les bonnes fêtes se décrètent définitivement dans les cuisines. On y trouve un peu de calme au milieu du bruit. La cuisine est propice aux complicités immédiates. Complicité de poivrots en quête d'une bouteille, complicité d'affamés en train de vider le frigo – alors, qu'est-ce qu'elle vaut, cette terrine de poulet ? –, complicité de grandes gueules en train de s'échanger des vannes nulles devant un auditoire complaisant. C'est également là qu'on y rencontre des filles souvent un peu saoules qu'on a l'air de connaître depuis des années au bout de quelques minutes, on goûte enfin le plaisir des ententes spontanées. C'est justement le souvenir de ces trop rares moments d'émotion qui font de moi un désespéré, pourquoi la vie nous est-elle si chienne, alors qu'elle peut parfois nous être si douce ?

J'ai retrouvé Bellagamba assise toute seule dans la cuisine. Victime des ravages de l'alcool, soudaines absences et trous de mémoire, j'avais totalement oublié son existence. Les bottes étaient toujours là, on apercevait le haut des cuisses sous la minijupe, le vrai piège à cons, j'aurais donné cinquante RMI pour rester là, à la contempler, jusqu'au bout de la nuit.

Elle faisait la gueule, Bellagamba, ça se voyait tout de suite. Elle m'a pourtant souri. Oh, très distraitement, l'air ailleurs, elle devait en avoir marre de fixer les faux fruits ridicules accrochés sur la porte du frigo. N'empêche, on était seuls tous les deux, et elle était là qui me souriait, fallait pas que je laisse passer ma chance.

– C'est pas si grave, j'ai attaqué, dans un de mes registres favoris, celui du grand frère.

– Qu'est-ce qui n'est pas grave ?

– Je sais pas. T'as l'air toute triste et perdue dans tes pensées.

– Non, c'est rien, je me fais chier, c'est tout. J'ai juste envie que les gens se barrent.

Ainsi c'était donc elle, la patronne. Et en plus elle voulait se coucher, c'était bien ma veine.

– On est chez toi, ici ? me suis-je fait confirmer.

– Non. On est chez mon mec et la sœur de mon mec. Mais, vu que je dors ici, c'est pareil...

– Dans ce cas, tu vas pouvoir m'expliquer. C'est quoi ce grand raout culturel dans la salle à manger, avec ce mec en train de peindre un gigot ? je lui ai demandé.

– Il peint quoi ?

– Un gigot.

– Je te crois pas.

– Va voir, si tu me crois pas. Il est en train de peindre un gigot sur le mur, j'ai affirmé.

C'est alors que l'horrible boutonneux a fait une apparition.

– T'es encore en train de draguer, toi, il m'a interrompu d'un air sévère, avant de disparaître.

– On se connaît pas, me suis-je justifié, mais il a pas l'air de rigoler, ce mec.

– Oh, celui-là..., elle a juste fait.

Un silence. Elle avait déjà oublié ma présence. Je devais absolument trouver quelque chose à dire, avant qu'elle s'en aille ou que ça devienne gênant.

– Tu as vraiment de très jolies bottes, l'ai-je complimentée.

– Oui, je sais, elle a répondu, l'air blasé, sans même dire merci. Tout le monde dit ça. Je vais même finir par être jalouse de mes bottes.

Nouveau silence, on aurait eu le temps de compter jusqu'à dix. J'en ai profité pour poser mon cul sur une chaise, histoire de me donner une contenance, j'avais vraiment l'air con, elle assise, moi debout. J'étais de plus en plus gêné. Pas elle. Elle aurait pu rester des heures, comme ça à mes côtés, sans rien dire. Je n'existais pas. J'étais mignon, pourtant, merde ! J'ai encore essayé :

– Bon, récapitulons. On est presque chez toi, et tu as des amis peintres.

– Je suis peintre, elle a fait.

– J'espère que t'es plus inspirée que ton pote, j'ai répondu, sans faire part de ce que je savais, on risquait de s'aventurer en terrain glissant, j'aurais pu faire une gaffe.

– Il a dû manquer de talent par jalousie.

– Par jalousie ?

– On fête mes fiançailles ce soir. C'est mon plus vieux pote, il supporte pas. Y fait chier... D'ailleurs ils font tous chier, elle a encore ajouté.

– Évidemment, si tu présentes les choses comme ça, il est plutôt doué pour le sabotage, ton ami d'enfance, j'ai réussi à dire.

J'étais bien dépité, et bien étonné aussi, elle avait vraiment pas une tête à respecter les traditions, des fiançailles, quand même, j'en avais entendu parler par mes parents, mais alors là, ça devait bien être la première fois que j'y assistais dans une soirée parisienne. J'avais vraiment pas de chance.

Une seule chose pour me consoler : Ralph avait raison, elle était vraiment très très rouge !

Il fallait pourtant que je sache. Je voulais me montrer beau joueur, j'étais de nouveau suffisamment bourré pour aller féliciter mon rival qui n'en aurait sûrement rien à foutre. J'ai posé la grande question :

– Il est là, ton amoureux ?

– Tu viens de le voir. Il t'a fait une scène il y a même pas cinq minutes. Bon, je vais aller regarder ce gigot, a-t-elle conclu en se levant, sans rater sa sortie.

J'avais du mal à y croire.

Elle allait se marier avec ce con !

Quelle horreur !

J'imaginais l'accouplement monstrueux, Bellagamba en train de se faire cintrer par cette répugnante créature, beuh ! Je suis sûr qu'il bouffait ses crottes de nez, ce porc. Fallait absolument que je lui en touche un mot, fais pas ça, Bellagamba, ton mari, y bouffe ses crottes de nez, je l'ai vu, je lui dirai. Renonce à ce projet insensé ! Je ferai n'importe quoi pour toi, avant toi je n'ai baisé que des filles à soldats ! Je saurai la protéger, moi, ta beauté ! J'ai déjà plein d'idées ! On sera riches ! On se fera plein de fausses fiches de paie, et avec l'argent des ASSEDIC je t'achèterai un caisson à oxygène pour que tu vieillisses jamais ! Tu l'oublieras, tu verras ! Je te parfumerai à la gousse d'ail pour qu'il se sauve, ce vampire, vade rétro aïe aïe aïe !

Je te construirai Xanadu.

Et on finira tous les deux, bien tranquillement, en se tenant par la main et en buvant du champagne rosé dans des godasses à talons le long de ma piscine en forme de cœur sur les hauteurs de Narbonne (?) !

Je serai toujours auprès de toi.

Et si, par hasard, je dois m'absenter, je te faxerai des croissants, tous les matins, pour le petit dej.

Je me suis servi un grand verre de scotch pour m'aider à digérer tout ça. J'étais de nouveau complètement saoul. Je comprenais beaucoup de choses désormais. Tu m'étonnes qu'il était jaloux, le boutonneux, avec la gueule qu'il avait, c'était facile de se mettre à sa place. Même une truie en aurait pas voulu pour gendre. Tout devenait clair : c'était elle qui avait peint ces méchantes toiles, je ne m'étais pas trompé, fallait vraiment être amoureux pour accrocher des horreurs pareilles sur ses murs.

En repensant à ses tableaux, je commençai à comprendre ce qui l'avait attirée chez ce mec : une fascination esthétique pour la laideur, c'était sûrement ça, je refusais bien entendu d'envisager l'hypothèse qu'elle puisse être vénale, encore moins amoureuse. Tout de même ! Ce n'était pas une raison.

Julien est rentré dans la cuisine. Il était bien rouge lui aussi. De plus en plus bourré, tout a fait négligé désormais, en sueur et soufflant comme un bœuf. Humpf… humpf, il faisait… Je l'ai entrepris sur mes obsessions :

– Laisse tomber, c'est tous des cons, ici, il m'a répondu.

– Mais enfin ! Tu te rends compte. C'est pas possible. On peut pas laisser faire ça. Elle peut pas épouser ce mec-là.

– Épouser qui ? m'a-t-il demandé, ayant déjà oublié le début de mon histoire.

– L'horrible boutonneux.

– Ah, le nain.

Il a essayé de réfléchir trente secondes, on sentait qu'il avait du mal à se concentrer.

– Laisse tomber, c'est tous des cons ici, humpf, humpf, il a encore fait.

– Très bien, je sais ce qu'il me reste à faire.

Je me suis levé, l'air décidé et la prunelle extatique. Je sentais le souffle du créateur derrière moi, ce souffle puissant qui a permis à l'homme de bâtir des cathédrales et plus tard des autoroutes. J'ai vu Jésus au fond de mon verre qui me disait marche mon fils, tu seras la lumière au milieu des ténèbres, ne laisse pas ainsi bafouer le plus noble des sacrements, écoute parler ton cœur qui te dit que cette histoire est chelou ! Il avait raison. Ponce Pilate s'en était lavé les pognes. Pas moi. J'allais faire cesser ce scandale.

CE MARIAGE NE SE FERA PAS, me suis-je juré en serrant les poings.

Je suis sorti de la cuisine.

– Fais gaffe, mec, tu vas marcher sur tes lacets, a lancé Julien, derrière mon dos.

Ils n'ont rien voulu entendre, ces cons. J'ai tout essayé pour que le doute s'installe dans les esprits : la douceur, la persuasion, l'indignation. Les circonstances étaient pourtant favorables, le fiancé avait disparu, je n'avais aucune raison de me gêner. Je me suis insinué de groupe en groupe, non, mais vous avez vu ça, je gueulais, cette fille sublime, mariée avec ce sac à merde ! Tu devrais aller te coucher, ils me répondaient, même pas fâchés, plutôt souriants, je crois qu'au fond ils étaient d'accord avec moi. C'était ça le pire. J'aurais voulu créer un groupe de pression, le lobby des vrais amis de Bellagamba. Mais non. Tout le monde s'en foutait.

– Et pourtant ! Et pourtant ! criais-je, les fiancés, c'est pas comme les murs, ça se déplace !

Je n'ai pu enrôler personne dans ma croisade. Même pas mes potes.

Une seule chose les intéressait : une fille complètement saoule s'acharnait à pourrir définitivement le mur de machin. Elle était en train de peindre une inscription à côté du gigot. L'ORGUEIL PRÉCÈDE LA CHUTE, elle écrivait, sauf qu'elle a fait une faute d'orthographe, ça faisait L'ORGUILE PRÉCÈDE LA CHUTE. On ni était plus qu'une petite trentaine, presque tous à se marrer en regardant le graffiti. La soirée tirait sur sa fin.

Le fiancé est enfin arrivé pour constater les dégâts. On le sentait consterné, mais habité par le désir de faire preuve d'une jovialité soutenue. C'est la fête, on s'amuse, je dois pas gâcher ça, tout le monde me regarde, faisons preuve d'humour, essayait-il de se persuader, mais on voyait bien qu'il n'y croyait pas trop, il avait la tête de quelqu'un qui aurait mangé du poisson en oubliant d'enlever les arêtes.

– T'as pas trop les boules pour ton mur ? lui a demandé Jacques, d'un air concerné.

– Non, c'est rien, c'est de la peinture à l'eau, ça s'efface tout seul, il a répondu, en essayant de faire bonne figure.

Ralph s'est approché lui aussi, pour contempler le désastre. Je le trouvais bien tranquille, ce soir. À peine saoul, pas de paroles déplacées, il nous avait même pas montré son cul, j'avais du mal à y croire.

– Moi aussi, je veux jouer, il a fait. Tu crois que je peux peindre sur le mur ? m'a-t-il demandé dans l'oreille.

– Au point où il en est, ça pourra pas être pire. Ça sera notre cadeau de mariage, j'ai ricané.

Je me suis dirigé vers le buffet. Un amas de bouteilles vides, avec des cigarettes écrasées partout sur la nappe et les assiettes en carton, ou flottant dans des fonds de gobelets et de canettes de Kro. La bouteille de Glenlivet avait disparu, un salopard avait fait ses courses avant de partir ou l'avait planquée quelque part. En somme, cette soirée s'achevait sur un désastre : il n'y avait plus rien à boire, et pour les filles, zobi ! Mon petit Guillaume, il va bientôt être l'heure de rentrer ta race, je me suis dit.

Ma copine Agnès était assise toute seule dans la pièce, comme une douairière, vieille potiche de vingt-cinq ans dans son pull rouge. J'ai essayé de la regarder avec convoitise, après tout c'était la seule personne avec qui j'avais plus ou moins lié connaissance, ma dernière chance de ne pas dormir seul, cling-cling, dernier service !

Rien à faire. *La bandaison, papa, ça ne se commande pas.*

J'ai préféré lui faire part de ma colère et l'entretenir du scandale du jour, avec son regard acide sur les choses, on pouvait peut-être devenir complices en méchanceté, comme les deux vieux du *Muppets Show*.

– Agnès, j'ai fait, j'ai besoin de ton intelligence. Tu dois m'aider à empêcher ce mariage.

– Qu'est-ce que ça peut te foutre ? C'est pas ta famille, c'est pas tes amis, d'ailleurs on sait même pas ce que vous foutez là, toi, tes potes et vos disques de salsa, m'a-t-elle dit d'un air rogue.

J'ai continué à m'entêter, imperturbable, il en faut plus pour m'arrêter quand je suis saoul.

– Elle va quand même pas épouser ce mec-là, j'ai répété, têtu, pour au moins la cinquantième fois.

– Pourquoi ? Il ne te plaît pas, *ce mec-là* ?

– C'est une créature de Dieu, mais c'est un vrai sac à merde, vulgaire, ignoble, laid, répugnant.

Elle m'a presque sauté à la gorge, comme un serpent qui aurait passé trois mois enfermé dans un sac.

– Écoute : premièrement tu es chez moi ; deuxièmement tu parles de mon frère, PETIT CON ! Si t'es pas content, tu te barres, elle m'a jeté, avant de sortir de la pièce, folle furieuse.

Parfois certaines réalités m'échappent.

Effectivement, on n'a pas fait long feu. J'ai revu Bellagamba une dernière fois dans la cuisine, sans parvenir à lui parler.

– Tu...

– Oui, je sais, j'ai des jolies bottes, m'a-t-elle coupé, avant de se jeter sur son pote, l'artiste en salopette, qui était en train de nourrir les poissons rouges en versant du Coca dans l'aquarium, petit petit petit, il leur disait.

– Eh, mais ça va pas, t'es malade, elle a gueulé, en lui arrachant la bouteille des mains.

Ils ont commencé à s'engueuler, à se jeter à la tête des histoires que je ne comprenais même pas. Il fallait vraiment qu'on s'en aille. Je suis allé chercher les autres.

La suite est plus confuse.

Il y a d'abord eu un énorme éclat de rire.

Ralph s'était effectivement mis au pinceau, et croyez-moi, il avait pas fait les choses à moitié ! N'ayant plus de place pour s'exprimer, il avait décidé d'ouvrir un deuxième espace de création sur le mur d'en face.

L'inscription s'y étalait sur toute la largeur, monstrueuse et dégoulinante :

PUNK'S NOT DEAD !

C'en était trop pour le patron, encore une fois arrivé après la bataille.

J'ai cru qu'il allait avoir une attaque.

– Je suis chez moi et vous vous barrez, vous êtes vraiment des sales cons, il nous a hurlé dans les oreilles.

C'est alors que Julien lui a lancé son verre de vin à la figure.

– Écoute, mec, il a fait, il y a deux catégories d'hommes : ceux qui font plus d'un mètre quatre-vingts, et ceux qui font moins d'un mètre quatre-vingts. Tu fais moins d'un mètre quatre-vingts, alors tu fermes ta gueule.

Jacques l'a chopé par le colbac, bon c'est fini, les rigolos, on rentre, il a dit.

On est sortis presque sous les lazzis, c'est qui ces connards, on lisait dans les regards de ceux que tout ce bordel avait pourtant bien fait rigoler.

– Voyous de salon, a gueulé un mec derrière nous.

On a attendu d'être dans la rue pour commencer à se marrer.

– Maintenant, il va voir, si c'est de la peinture à l'eau, a rigolé Jacques.

J'ai recommencé à parler de Bellagamba qui, décidément, ne me quittait pas.

– Oh, mais tu nous fais chier avec ton zinzin, on n'en a rien à foutre de cette conne, il a encore dit. On a mieux à faire. Regarde, j'ai pensé à toi.

Il a sorti la bouteille de Glenlivet de son sac, encore à moitié pleine.

On est partis la finir chez moi en se tapant la belote.

32 CM D

Mieux vaut une petite travailleuse
qu'une grosse feignante.
FRÉDÉRIC DARD
Mieux vaut une grosse travailleuse.
GENEVIÈVE DORMANN

ELLE EST MIGNONNE, super élastique, tout ce qu'on voudra. N'empêche. La vérité, c'est que j'ai PLUTÔT une petite bite. Au risque de ralentir quelque peu le rythme effréné que j'essaie d'insuffler à ma prose, attardons-nous un instant sur l'utilisation à mon avis guère innocente faite par moi de l'adverbe *plutôt*, contraction de *plus* et de *tôt*.

Faisons appel à Larousse :

« Plutôt : devant un adjectif, indique un niveau, une intensité, un degré assez élevé ; assez, passablement : *elle est plutôt jolie, mais elle ne sait pas s'habiller. C'est plutôt gentil de leur part d'être venus ; des manières plutôt vulgaires.* »

Traduisons : l'emploi de l'adverbe *plutôt*, accolé à l'adjectif *petit*, correspond ici à une volonté délibérée d'atténuation de ma petitesse. Je suis donc doté d'une bite *assez* chétive, *passablement* courtaude, de faible *niveau*, à *l'intensité* imperceptible, capable parfois d'atteindre *un degré assez élevé* dans le minuscule surtout quand il fait froid sous la douche, mais au fond PAS TANT QUE ÇA, faut rien exagérer, pas besoin de déclencher la balise Argos pour la retrouver quand elle s'égare parfois le soir au fond de quelque chair secrète, je ne suis pas un marmouset, et encore moins un crapoussin, d'ailleurs ma bite est en tous points conforme aux normes de l'Union Européenne, qui sont, je le rappelle, de 168 mm en érection, comme le savent tous ceux qui utilisent le préservatif par peur d'attraper des bêtes.

L'emploi de l'adverbe *plutôt* dénote donc, derrière le courage et la sincérité apparente de mon propos, le besoin de se rassurer tout en travestissant outrageusement une réalité microscopique.

Enlevons *plutôt*.

Donc j'ai une petite bite. Plutôt. Et je ne m'en vante pas. Bien au contraire. Le simple fait de penser à mes tristes carences en ce domaine me plonge dans un état d'affliction proche de l'hébétude. Et je songe alors avec tristesse à toutes ces filles qui pouffent et qui poufferont encore en constatant le manque de générosité dont la nature a témoigné à mon égard. Il est triste en effet de se dire que, quel qu'en soit notre désir, nous ne serons jamais capable de remplir convenablement le vagin d'une honnête femme. La prise de conscience de notre incapacité nous condamne alors à la sodomie et à des fantasmes chinois (un sinologue réputé, grand dolicocéphale blond aux yeux bleus que je soupçonne fortement d'être nazi, qui ne craint pas la goujaterie et n'a pas peur d'avoir la LICRA au cul, m'affirmait récemment que les Chinoises ont de tout petits trous).

C'est pourquoi ne dites jamais à un garçon qu'il a une petite bite, s'il vous plaît, les filles. Vous prendriez alors le risque de lui faire subir un grave traumatisme et d'être également à l'origine de lésions sexuelles et affectives irréversibles. Sauf à vouloir devenir Woody Allen et faire fantasmer des millions d'intellectuelles en dressant le catalogue de ses complexes et de ses infirmités, l'homme n'est jamais fier d'avoir un sexe minuscule. Évitez, par exemple, de lui dire que, contrairement à la Vérité, on pourrait cacher sa bite derrière son petit doigt. Évitez cela.

Les filles sont pourtant gentilles avec nous. Elles ont en général la politesse de se moquer seulement lorsque nous ne sommes pas là. Quand elles sont amoureuses, elles s'essaient à nous rassurer en prétendant que la taille n'a aucune importance, alors qu'elles savent au fond que ce n'est pas vrai.

Ne les taxons cependant pas trop vite d'hypocrisie : l'amour est un sentiment bizarre qui engendre bien des aveuglements, surtout chez les filles, qui aiment à confondre l'Himalaya avec une morne plaine. Quant aux filles moches pas amoureuses qui ont envie de se faire tirer, elles évoqueront, toujours pour vous rassurer, la douleur suscitée en elles par un calibre surdimensionné. Sans oublier, bien sûr, l'immense cohorte des femmes qui s'emmerdent en baisant. Pour celles-ci, effectivement, la taille n'a aucune importance. *I give you my garantee !* Je fais parfois appel à cette effrayante réalité quand j'ai besoin de me rassurer.

Mais revenons à ce redoutable problème de taille en essayant de ne pas nous mentir. Intéressons-nous à celles que notre vit intéresse : les filles qui ont envie de prendre tout ce que nous sommes capables de leur donner. Il nous faut alors être très clair. Il en est de nos bites comme de leurs seins : PLUS C'EST GROS MIEUX C'EST !

Au cas ou vous décideriez de rester aveugle à cette vérité dérangeante, je vous suggère de tenter auprès de votre petite copine l'expérience suivante : achetez un concombre de taille XXL chez votre marchand de quatre-saisons ; recouvrez-le d'un préservatif, histoire de faire semblant de rester propre tout en étant bien sale ; puis, après avoir vainement titillé Machine en vous aidant de votre engin ridicule, fourrez lui avec violence le concombre dans la chatte en sachant néanmoins être tendre: vous constaterez alors la variation d'amplitude vocale chez la salope.

Cette expérience peut certes s'avérer encore peu concluante. Elle le sera un jour. Au cas ou le gigantisme ne ferait pas partie de vos fantasmes, la société de consommation saura vous plier à ce qui est devenu un conformisme social. Nouvelle victoire du rêve américain, qui sait si bien diriger nos désirs et nos consciences. La femme de cette fin de siècle vit déjà dans le devoir d'exhiber des gros poumons comme le bourgeois louis-philippard vivait dans celui d'être gras. Avant dix ans, l'homme né mal outillé devra se faire poser une bite en kit pas d'origine, ils ont déjà commencé de l'autre côté de l'Atlantique. Les réfractaires de l'uniformité pourront toujours se consoler en devenant, presque malgré eux, les porte-parole d'une nouvelle contre-culture.

En attendant, ce sentiment d'infériorité dû à la petite taille ne suscite pas que des inconvénients. Il peut, au contraire, développer des sentiments altruistes chez les gens intelligents. Ainsi, moi, par exemple. Pourquoi ne suis-je ni raciste ni antisémite, alors que je suis si prompt à détester les autres ? Serait-ce à cause d'une conscience historique affûtée par des manuels scolaires m'ayant soigneusement mis en garde face aux périls qui nous guettent dès qu'on ne peut plus se retenir de cracher sur la gueule de son voisin ? J'aimerais le croire. Hélas ! Trois fois hélas ! Les hommes ne comprennent l'histoire que lorsqu'ils l'ont vécue, d'une manière ou d'une autre. Aussi ne suis-je pas raciste et antisémite simplement parce que je sais, moi aussi, ce que peuvent ressentir les minorités humiliées, je sais ce que c'est que d'avoir été persécuté par le regard moqueur de mes potes sous la douche, un mercredi après-midi après un match de l'ASSU, alors qu'on avait perdu 3-1, en plus j'avais mis un but contre mon camp, ils m'ont pas raté, les enculés. Je revois encore la tête du gros kapo salopard en train de me narguer, avec tous les autres autour de moi qui me poussaient et qui ricanaient. Je me vengerai, pour tous les centimètres que tu m'as volés, me jurai-je en rentrant chez moi, la tête pleine de larmes.

Et, en effet, je dois dire que sa copine suçait très bien.

Car l'homme au sexe de petite taille, non content d'être courtois et tolérant, révèle aussi souvent une âme bien trempée. J'en veux pour preuve cette confidence que me fit un soir un pédé rencontré sur une plage au Portugal il y a des années. Quand on est hétérosexuel, il faut en effet aller au moins jusqu'au Portugal pour parler de cul avec un pédé, tout inhibé qu'on est d'habitude par notre méfiance et notre gêne réciproque.

Mon pédé, donc, qui, de son œil exercé, devait certainement avoir déjà jugé mon anatomie sans l'avoir vue (je lui avais spécifié dès le début de notre conversation qu'il était hors de question que je me fasse enculer), me déclara la chose suivante :

– Fils, j'ai rencontré au moins un bon millier de bites dans ma vie. Et je vais te dire une chose : plus elles sont petites, plus elles en veulent.

– Ah bon, fis-je, intérieurement rasséréné.

Et il ajouta, pour me convaincre, cette réflexion que j'ai depuis lors souvent eu l'occasion de méditer aux durs moments et soirées solitaires, lorsque je doute de mon destin (et de mon engin) :

– Franchement, tu imagines LE PRÉSIDENT avec une grosse bite ?

Il suffit pourtant parfois de quelques secondes de sincérité pour balayer toutes ces rassurantes certitudes.

Un après-midi de premier mai, le téléphone sonne. Nina à l'appareil. Je la connais à peine. Elle est vaguement jolie et m'inspire du respect pour sa franchise et cette manière brutale de vous regarder droit dans les yeux. Elle me propose une soirée scotch et vidéo chez elle, seulement nous deux.

Comme disent les boches lorsqu'ils arrivent à faire preuve d'humour, Nina est une fille qui a des abeilles dans le cul. Il ne lui reste plus qu'à apprendre à en être fière. En effet, comme la plupart des filles qui adorent jouer au docteur, elle est totalement incapable d'échapper à la peur de passer pour une salope. Elle se justifiera ainsi plus tard avec indignation des arrière-pensées que je lui prête. Son invitation était motivée uniquement par le désir de me mieux connaître et d'échanger quelques idées autour d'un verre, en toute convivialité, m'affirmera-t-elle le lendemain matin. N'empêche qu'elle m'a téléphoné pour que je fasse la fête à son cul le soir de la fête du travail !

Au bout de trois verres, nous discutons en effet bien tranquillement, allongés sur la moquette du salon, bien près l'un de l'autre. L'ivresse aidant, nous nous tenons bientôt la main, toujours bien tranquillement. L'heure est aux confidences et à la brutale mise à nu de ses fantasmes.

– Dès que je t'ai vu, j'ai su que t'étais un queutard, dit-elle. Les filles sont pour toi un garage où ranger ta bite et te vider les couilles.

– Comme tu me connais mal, argumenté-je, un peu outré. Moi qui cherche avant tout à séduire, le seul moyen que j'aie trouvé pour me rassurer. Mes idoles s'appellent Don Juan et Brummel, pas Rocco

Siffredi. Le passage à l'acte se contente d'être pour moi la manifestation concrète de mon pouvoir de séduction. C'est même, d'une certaine manière, mon plus grand problème.

– Remarque, je ne te reproche rien, réplique-t-elle, ne croyant pas un mot de mon bon discours. L'amour est bestial. On est tous des bestiaux. Je n'ai aucune illusion. Je plais aux mecs parce que j'ai un gros cul, et ils ont bien raison. Moi, ce qui m'intéresse, c'est les parties de broute-minou et de me faire niquer. Les tendresses et les caresses, j'en ai rien à foutre.

Décidément, j'aime bien Nina. Il est bon de rencontrer une fille capable de raisonner comme un mec, capable de nous parler du plaisir qu'elle va prendre et non pas de celui qu'elle va donner. L'égoïsme sexuel n'est-il pas au fond la seule preuve tangible de l'intérêt que l'on nous porte dans ce domaine, tellement plus probant en tout cas que les fantasmes de tendresse niaiseux de la jeune femme enamourée programmée pour s'emmerder en sacrifiant le plaisir à l'amour ? Enfin une fille qui sait réhabiliter des mots tels que baiser, niquer, défoncer, bourrer, ramoner, en un mot enfin, une fille qui a envie de se prendre un coup.

Pourtant, je me sens un peu mal à l'aise, touché dans ma virilité, j'imagine. Il est parfois difficile de se montrer à la hauteur face à la vérité toute nue.

Nina essaie de m'exciter en me montrant à quel point elle est différente des autres, de toutes les autres. J'aimerais contribuer à l'ambiance qu'elle essaie d'installer. Mais ça ne sort pas. Je crois qu'il me plairait mieux qu'elle me chuchote toutes ces choses à l'oreille, pour créer une complicité entre nous. Au lieu de cela, elle instaure un combat, que j'ai la lâcheté de refuser.

– Tu as tort, commencé-je déjà à m'excuser. Il est des filles que j'ai refusé de consommer, ou que je n'ai pu consommer, et qui m'ont au contraire fait le reproche de mon impuissance.

– Exemple ?

– Pas plus tard que la semaine dernière. Une fille rencontrée dans une soirée.

– Et alors ?

– Et alors, je crois qu'elle m'excitait trop. Elle m'excitait tellement que j'ai préféré n'en rien faire, par peur de ne pas être à la hauteur. Je suis très orgueilleux. En plus je n'avais pas de préservatif...

– Des préservatifs, j'en ai une caisse dans le placard de ma chambre, m'a-t-elle coupé. Il y a un grand lit là bas, on devrait l'essayer, a-t-elle conclu en m'entraînant vers l'alcôve.

Effectivement, Nina avait un gros cul. Un cul énorme ! Quant aux seins, ils n'étaient pas mal non plus. Pour le reste, ses actes étaient tout à fait en accord avec ses propos. Sauvagerie, vitalité et bonne volonté égoïste, tout comme elle l'avait dit. Avec tout de même la sensation bizzare, mais pas désagréable, que quelqu'un est en train de se masturber contre vous.

Je n'ai pas su être à la hauteur de toutes ses attentes. Moi qui n'arrêtais pas de me plaindre d'être devenu malgré moi un *long driver*, j'ai retrouvé grâce à elle le plaisir et l'humiliation qui saisit en moins de cinq minutes le gicle-vite.

– Putain, t'assures pas, m'a-t-elle houspillé, le visage très rouge et très en colère.

– Que veux-tu ? Comme Groucho, Guillaume roule pour Guillaume.

– Et en plus tu te fous de ma gueule !

Nous nous laissons petit à petit dominer par le silence. L'air buté, Nina joue au solitaire en m'ignorant. Je la contemple de longues minutes sans rien dire. Je devrais m'en aller, rentrer chez moi et la laisser seule. Je me sens mou, triste, vide, nauséeux et sans force.

Il est trois heures du matin. Je n'ai pas le courage de traverser Paris à pied. Je n'ose pas non plus lui emprunter l'argent pour le taxi. Elle se décide enfin à m'adresser la parole.

– Bon, je ne vais pas tarder à me coucher. Tu

veux dormir ici ou dans la chambre d'ami ? me lance-t-elle d'un air agacé.

La soirée est décidément bien finie. Quelques gouttes de sperme ont suffi à nous séparer. Nous sommes désormais dans le registre de la politesse forcée et obligée. Il me reste juste à faire bonne figure en essayant de deviner ses convenances personnelles. À sa place j'aurais envie d'être seule.

– Je crois que je vais prendre la chambre d'ami, finis-je par dire.

– Comme tu veux.

– Bonsoir, fais-je en me levant.

Nina contemple longuement cette chose courte et molle qui pend entre mes jambes.

– Toi, t'es pas un nègre, finit-elle par dire en hochant la tête.

– Non mais… Quelle salope ! ai-je rigolé, du plus fort que j'ai pu.

Elle m'a souri. Tu veux pas rester avec moi ? a-t-elle demandé.

Nous étions presque de vieux amis désormais.

Elle m'a gardé dans ses bras.

Décidément, j'aimais bien Nina. Je l'aime toujours.

N'empêche : à cause d'elle, je me suis presque converti aux vertus régénératrices de la science.

Un jour, moi aussi je traverserai l'Atlantique. Je me ferai greffer une bite de 32 cm D. Je connaîtrai enfin l'ivresse qui saisit l'homme objet quand des cinglées hystériques glisseront des billets de cent dollars dans mon moule-bite.

ET, EN PLUS, JE DEVIENDRAI STAR DU PORNO.
JE SERAI : « LE PRO DU TROU ! » YOH !

MON ŒIL POUR DIX BALLES

Métro, boulot, sodo.
DIRK FINGER

JE M'ÉTIRE en bâillant dans mon lit. Je ne suis pas loin du bonheur. Charles Trenet est là, tout près de moi, qui m'entraîne loin des vilaines humeurs de la ville. *« Léger comme un elfe au petit jour »*, je pèse à peine soixante kilos de plume ce matin. Détaché de tout ce qui m'oppresse et de tout ce qui m'étreint, je défie paisiblement les lois de l'attraction. J'écoute la langue admirable du poète en m'égarant dans des rêveries bucoliques et des nostalgies d'avant-hier dont la fréquentation m'aide à découvrir celui que j'aurais pu être sans mes problèmes. Je me sentirais pourtant bien seul, loin des bruits et des odeurs de Paris. Mais il me plaît d'imaginer une gentille boulangère et un joli clocher, un petit bossu et des gendarmes qui me sourient, avec, au loin, des chemises qui pendent sur le fil au fond du jardin. La journée commence bien.

Pourtant je ne peux plus reculer. La vie nous pousse parfois à faire des choses… Des choses qui nous répugnent, des choses contraires à notre conception vigilante du plaisir et de la liberté. Il est ainsi des moments douloureux dont il est inutile de retarder l'échéance. Il nous faut alors savoir prendre congé du rêve et de la poésie. Le pire n'attend pas. Rien ne sert alors de Trenet.

Je suis en effet obligé, pour une fois, d'épouser mon siècle et son insupportable quotidien : victime des circonstances, je vais devoir aujourd'hui emprunter les lignes de transports souterraines du Métropolitain. Me mêler à l'anonyme cohorte de tous les pue-la-sueur… Une amie, qui souhaite me rencontrer rapidement tout au bout de Paris, m'a imposé ce calvaire.

Voilà au moins un an que je n'ai pas pris le métro. Je sors peu de mon quartier. Je cultive le patriotisme d'arrondissement. Certaines obligations me poussent parfois à m'expatrier : je viole alors les frontières de mes habitudes en marchant, ou à la rigueur en prenant le bus, c'est rigolo d'arroser les passants l'été, avec un pistolet à eau, de la plate-forme arrière du 83.

Quant au métro, il fait partie de l'interminable cortège de mes obsessions. Il évoque en moi la promiscuité obligatoire imposée à tous les vaincus. Comme le travail, le métro nous oblige au partage collectif du pire, avec des gens qu'on n'a pas choisis.

Je monte à la station Saint-Michel. Une des rares stations que j'apprécie, à cause de l'ascenseur. Souvenir de mes caprices d'enfant. Je voulais toujours monter dedans quand j'étais petit, contrairement aux adultes pressés qui m'accompagnaient et m'obligeaient à prendre l'escalator qui va tellement plus vite pour nous emmener vers l'horrible.

Il est midi, l'heure de la mini-heure de pointe. On appelle cela une tranche horaire de fréquentation moyenne. Le moment le plus terrible de la journée, si l'on y songe. Vous êtes confrontés à la fois aux usagers qui vous étouffent et à votre honteuse indifférence face aux SDF, mendigots et autres marchands de *Réverbère*.

Je réussis à poser mes fesses sur un strapontin. Si j'étais poli, je devrais rester debout pour laisser un peu plus d'espace aux autres. J'ai heureusement la chance d'être très mal élevé. Cette indélicatesse me permet de me reposer tout en étant dans une position idéale pour regarder les culs des filles encore debout auxquelles j'ai eu la muflerie de ne pas laisser ma place.

Je n'ai d'ailleurs aucune raison de me sentir coupable au milieu de cette bande de mal polis malgré eux.

Si l'on en croit les manuels de savoir-vivre, la pratique des bonnes manières passe en effet par un minimum de tempérance et de maîtrise de soi. Celles-ci exigent de nous, entre autres, le respect d'une stricte hygiène corporelle. Ainsi, l'estime que nous portons aux autres et à nous-même nous oblige à rester le maître de nos bruits comme de nos odeurs.

L'observance d'une telle discipline est, hélas, et comme toujours, réservée à l'usage des élites. Sa diffusion auprès du plus grand nombre est contrariée par certains phénomènes démographiques et socio-économiques bien connus, en particulier par l'immense concentration des masses qui s'accumulent comme des paquets de merde en milieu urbain.

À ce sujet, il semblerait que le monde du métro soit beaucoup moins sensible aux règles de la continence que celui du Jockey-Club. Le métro, en nous ramenant à notre odorante animalité, sait en effet très bien nous rappeler à quel point nous sommes denrées périssables. Comme toutes les viandes, l'Humain, évoluant dans le contexte hostile d'une température trop élevée, finit très vite par s'avarier. Comme tous les corps en état de décomposition, il pue. Le contraste thermique entre le dehors et le dedans, particulièrement violent aux fortes saisons (chaud-très chaud en été, très froid-très chaud en hiver) accentue encore un peu plus ce phénomène de puanteur.

C'est pourquoi il se dégage de ces souterrains des odeurs d'une force... à tuer un arbre.

Sans parler de tous les bruits bizarres, émis par des gorges ou des narines elles aussi victimes des contrastes.

Sans parler non plus de l'obligatoire fréquentation de certains personnages pittoresques. Un jour, un clochard s'assied en face de moi. Il a sûrement vécu une longue histoire d'amour avec les mouches, celui-là. Je devrais me lever pour le fuir, lui et sa terrible odeur de pinard et de camembert. Je n'ose pas. J'ai peur qu'il se sente offensé. J'ai tort. Il s'en fout, bien au-delà de toute forme de dignité. Soudain, je me rends compte qu'il est en train de se pisser dessus.

– Excusez-moi, monsieur, lui dis-je. Je crois que vous vous pissez dessus.

– Et alors, mec, qu'est-ce que tu crois, c'est un vrai chauffage central, me répond-il.

Au cas ou je craindrais d'avoir perdu en route quelques-uns de mes cinq sens, me voici donc tout à fait rassuré. N'allez pourtant surtout pas croire que je sois puritain. Je ne suis hostile ni aux bruits ni aux odeurs. Au contraire. Ainsi le pet et le rot, lorsqu'ils sont pratiqués entre amis, ne sont-ils pas totalement dépourvus à mes yeux d'un certain charme. J'y vois un signe de sociabilité et de reconnaissance fraternelle.

Il en est parfois de même entre les couples.

Votre petit ami rentre du travail. Il est à peine dans le couloir… Sans l'avoir encore vu, vous le reconnaissez déjà à son inimitable odeur de pieds… Vous savez qu'il sera bientôt dans vos bras…

La libre expression de sa puissance sonore et olfactive au milieu d'une foule d'étrangers auxquels on n'a même pas été présenté n'a par contre, elle, rien à voir avec la poésie. Totalement dépourvue de la moindre retenue, elle frôle l'indélicatesse et m'inspire un dégoût proche de la nausée.

Le métro se vide un peu de ses usagers à la station Châtelet. Me voilà bien soulagé. Je dispose enfin d'un espace de liberté légèrement supérieur à la surface d'un homme. Un SDF profite de l'appel d'air pour monter et essayer de nous vendre un journal que je ne connais pas. Pour la cinquantième fois de la journée, il commence à parler de sa voix monocorde de vieille machine fatiguée.

– Je sais, messieurs-dames, que vous êtes beaucoup sollicités en ce moment. Je m'en excuse à l'avance. Alors voilà… Je viens vous présenter un nouveau journal… *La Sentinelle*… *La Sentinelle* est un journal écrit et vendu par des SDF… Il nous permet d'essayer de subvenir à nos besoins en nous évitant de sombrer dans la délinquance ou la mendicité…

Il est obligé de gueuler, concurrencé qu'il est par le bruit de la rame dans le tunnel.

– *La Sentinelle*, hurle-t-il, est un vrai mensuel d'information, vendu dix francs… avec des articles et des reportages sur les activités des sans-abri à Paris… Et sur tous ceux qui, face à la pauvreté et au chômage, ont des problèmes, et essaient de s'en sortir… Je ne fais pas appel à votre charité… On nous a expliqué que les gens en avaient assez… On nous a expliqué que nous devions vendre un produit… un produit concurrentiel qui vous satisfasse et réponde à vos attentes… C'est pourquoi ça serait sympa si vous pouviez consacrer quelques minutes à regarder notre produit et éventuellement l'acheter… Vous pourriez ainsi nous faire part de vos suggestions… Nous dire ce qui vous plaît et ce qui ne vous plaît pas dans notre produit… Nous sommes à l'écoute de toutes vos suggestions afin… Donc… De nous permettre d'améliorer notre produit (il n'a plus que ce mot à la bouche). Je vais maintenant passer parmi vous, en espérant que vous serez intéressé par notre produit et qu'il vous plaira. En vous remerciant à l'avance, et en vous souhaitant une bonne journée, messieurs-dames.

La pauvre marionnette passe en effet parmi nous, son produit à la main. Il n'a même pas droit à un refus poli. Il est là, comme transparent, face aux autres qui regardent ailleurs.

Je fais comme eux. Je baisse la tête, apparemment très concentré sur des pensées qui m'éloignent. Surtout ne pas croiser son regard.

Je me demande comment ce mec fait pour rester calme, poli et souriant toute la journée. À chaque refus je participe à son monologue intérieur.

– Bande de salopards, se dit-il, filez-moi dix balles, putain, c'est rien pour vous, dix balles, tas de gros porcs ! J'ai envie de tous vous piétiner ! Vous arracher les yeux de la tête ! Tu veux pas donner, enculé ? Va te faire foutre, gros bâtard ! Je te troue le torse avec un pittbull. J'encule toute ta race ! Et toi, la salope qui dit non, j't'arrache les ovaires avec les dents !

Il se dit tout ça en continuant à nous sourire, à faire le beau pour presque rien. Si j'étais lui, j'aurais envie de jeter des pierres.

Au dernier moment je me ravise. Victime de ma mauvaise conscience, je finis par lui donner cinq francs sans acheter le journal. Une femme d'un certain âge me regarde, avec l'air de m'approuver.

Je compte les stations. Encore dix. J'ai de plus en plus chaud, avec mon gros blouson, mon écharpe et mon col roulé.

Un autre SDF monte à Strasbourg-Saint-Denis. Même laïus, pour vendre le même journal.

– Désolé, le coupe un usager. Y'a un pote à toi qui est déjà passé il y a même pas cinq minutes.

– Il était comment ? Un grand mec avec un bonnet et un pull vert, c'est ça, demande l'autre, l'air très en colère.

Il y a du règlement de comptes dans l'air. C'est comme avec les clochards : chacun sa poubelle.

Plus que cinq stations. Les haut-parleurs se mettent soudain à crachoter. Une bande de zyvas a réussi à pénétrer dans la loco arrière et à ouvrir les micros. OH, TÊTE DE MORT !, ils se mettent tout d'un coup à hurler en rigolant.

Je regarde mes compagnons de voyage. Les plus jeunes sont hilares. Les autres ne disent rien, tout éteints qu'ils sont avec leurs yeux morts de piafs écrasés sur la chaussée, à moins qu'ils ne soient trop accablés pour avoir la force de s'indigner. On devrait pourtant les remercier, ces petits gars, d'avoir su nous faire marrer. C'est tellement rare de se sentir enfin complice.

Je songe alors à tout ce que l'on pourrait pourtant inventer dans ce lieu de rencontres et de hasards. Ce n'est pas si difficile. Relève la tête, Parisien ! Debout, peuple de France ! Lève enfin les yeux vers les plus valeureux de tous nos anciens ! Gratte voir un peu au fond de leurs vieilles marmites : tu y retrouveras, intacte, l'Imagination ! Tu pourras y rebâtir ton royaume, enfin maître du plus magnifique des souterrains dans lequel tu partageras avec ta copine Marie-Antoinette cette bonne brioche qu'elle n'a pas voulu te donner quand tu avais faim !

Convoquons tous les artistes ! Tous les peintres ! Tous les décorateurs ! Tous les sculpteurs ! Tous les paysagistes !

Demandons-leur de noyer toute cette tristesse dans une débauche de couleur tout en cherchant l'harmonie !

Suscitons la noble polémique dominée par le Cri nécessaire des enthousiastes et des râleurs !

Il ne s'agit pourtant pas de provoquer ou de choquer les consciences. Bien au contraire. Il s'agit seulement, par la grâce d'un électrochoc salutaire, de réveiller un peuple d'endormis.

Nous demanderons pour cela à nos artistes de mettre leur liberté créatrice au service d'un idéal de simplicité accessible à tous, sans pour autant céder à cet autre idéal de bêtise et de vulgarité hélas trop souvent véhiculé par le *vulgum pecus.*

Concernant la décoration de nos rames, de nos quais et de nos couloirs, je suggérerais, pour ma part, de marier avec amour le blanc avec quelques couleurs chaudes. N'appartenant à aucune avant-garde et étant assez peu féru d'arts plastiques, je me contente d'avoir pour idéal celui tranquillement conservateur de nos maisons méridionales. Est-il en effet rien de plus beau, de plus joyeux et de plus apaisant qu'une maison blanche avec des volets verts ?

Chaque station, chaque train, se verrait ainsi attribuer une couleur chaude dominante. Comme les sept nains, nous partirions alors tous les matins au boulot en sifflotant, naviguant au milieu d'une farandole de couleurs qui susciterait chez nous un sentiment de joie teinté de sérénité. Comme tous les êtres aimés, nous apprendrions à vénérer la Beauté. Notre métro resplendirait de la propreté immaculée des murs de la Sorbonne, ce haut lieu de culture et de civilisation contre lequel même un soudard comme moi sait se retenir de pisser.

Tout échec témoignant d'un certain laisser-aller ou manque de respect à l'égard des citoyens serait d'ailleurs immédiatement sanctionné par ceux-ci, qui, renouant avec leurs anciennes habitudes, se feraient un plaisir de souiller les édifices ratés ou délaissés de leurs crachats, défécations et graffitis.

Émergerait ainsi une véritable culture de proximité. On ne prendrait plus le métro. On irait au Métro, comme l'on va au Théâtre ou au Cinéma Nous pourrions alors, comme Jean Gabin et autres légionnaires très loin égarés, nous languir de Paname et nous mettre à pleurer à la seule vue d'un ticket de couleur bleue.

Je ne me fais pourtant aucune illusion. L'amour du prochain, le don de soi à la communauté et l'ardeur pionnière de nos débuts seraient vite balayés par le goût de la division et de la polémique. On verrait ainsi se créer, chez les artistes comme chez les usagers, de véritables écoles artistiques. Leur naissance donnerait lieu à de vastes débats publics dans les couloirs et les wagons, dont l'ampleur nous permettrait de comprendre ce qu'a pu être la grande démocratie athénienne, cet idéal de démocratie directe.

Puis, les gens ayant toujours pour habitude de se compter et de se regrouper en fonction de leurs affinités, les différentes écoles procéderaient à une répartition géographique des lignes.

Ces clivages ne seraient pas sans influence sur le monde du travail. Ainsi, un cubiste, dont les idées seraient représentées sur la ligne 10, refuserait-il désormais d'aller travailler au bout de la ligne 4, noyautée par les impressionnistes.

Chaque école serait d'ailleurs elle-même déchirée par une lutte sournoise entre des clans se laissant gagner par des querelles d'Allemands. Ainsi le Grand Schisme de la ligne 13, que quelques sages avaient pourtant essayé d'empêcher dans une ultime tentative de conciliation désespérée, finirait-il par se produire à la station La Fourche, séparant pour longtemps les gars d'Asnières-Gennevilliers des gars de Saint-Denis-Basilique.

La division et quelquefois, hélas, l'intolérance, régneraient donc de nouveau en maîtres. Au moins les gens se battraient-ils au nom de ces futilités magnifiques et indispensables que nous sont l'Art et la Beauté.

D'une manière générale, le Métro se devrait désormais de titiller nos cinq sens prêts à l'orgasme. C'est pourquoi le plaisir des yeux ne saurait se limiter à la seule perfection de l'Immobile et de l'Achevé. Des chorégraphies seraient organisées. Arlequin monterait dans les wagons avec sa copine Colombine.

Colombine danse pour moi et me sourit.

Foudroyée par l'amour, Colombine quitte Arlequin.

Rongé par le remords, je vais m'excuser auprès du pauvre Arlequin.

Arlequin me répond :

– Pas de problème, vieux. *The show must go on*. D'ailleurs ça me donne une idée. Une petite fantaisie musicale et poétique, une sorte de marivaudage en trois tableaux, un tableau par station : les souffrances du pauvre Arlequin trahi par Colombine, avec troubadours et ménestrels, sur une musique de Jean-Baptiste Lulli. Avant-première dans trois mois, entre Saint-Michel et Les Halles. Ils sont épris de féerie et de légèreté sur la ligne 4.

Et nous regarderions tout cela du bas de nos chaises longues, à moins que nous ne soyons vautrés à la romaine sur des couches moelleuses, tandis que des danseuses très dévêtues éventeraient nos pieds pour une fois pourvus de senteurs orientales.

Il y aurait même des bonbons à l'entracte !

Nous ne saurions pourtant nous adonner à la seule frivolité. Nos aspirations intellectuelles et spirituelles, ce besoin de s'élever vers ce qui nous dépasse, seraient ici comblés. On mettrait sur place une Université Populaire, dans laquelle des professeurs du Collège de France nous apprendraient à douter et parfois même à savoir renier nos intolérantes certitudes.

Ces séances de rééducation seraient égayées par quelques intermèdes musicaux. On diffuserait d'ailleurs de la musique partout, dans les couloirs comme dans les wagons. Les gens apprendraient enfin à s'émouvoir, joyeux avec les Beatles, tristes avec Gainsbourg, amoureux et tendres avec Brassens qui chante si bien les corsages des filles, contemplatifs avec Coltrane, recueillis avec l'*Ave Maria* de Schubert.

Les Chœurs de l'Armée rouge entonneraient l'*Internationale* à Jaurès, Louise-Michel ou au Père-Lachaise, Malraux et le vieux Jef barytonneraient *Le Chant des partisans* à Charles-de-Gaulle-Étoile tandis que je ténoriserais *Va laver ton cul salope* à Voltaire.

Charles Trenet, lui, chanterait *Y'a d'la joie* à la Station… Charles-Trenet.

Saoulés de poésie et d'émotion, les assoiffés se dirigeraient alors vers le bar situé en tête de train. Un barman souriant, transféré à prix d'or du *Harry's Bar* à la RATP durant l'intersaison, leur concocterait son fameux *Cocktail Pétrifiant* aux cinq alcools, de réputation centenaire et à la recette toujours secrète, tandis qu'un pianiste afro-américain qui s'appelle Sam leur jouerait *As Time Goes By*.

Un distributeur de boissons chaudes à l'usage des tempérants et des mal réveillés en mal de café serait par ailleurs installé dans chaque voiture. Bien entendu, les boissons seraient gratuites. Par générosité, certes. Mais surtout par réalisme. Ne soyons pas idéalistes. L'introduction du numéraire dans cet endroit protégé aurait pour conséquence désastreuse de nous rappeler cette désolante vérité: même au Paradis, les Français seront toujours des voleurs. Au bout de deux jours, ils partiraient avec la caisse...

Je change à la station Gare-de-l'Est.

J'enfile un interminable couloir, véritable coupe-gorge à l'heure du dernier métro, lorsque le bruit de vos pas, qui résonne légèrement, vous sert d'unique compagnon.

Je suis heureusement bien loin de ces noirs fantasmes. Il n'est que midi et demi. Des centaines de pieds m'accompagnent, toute une foule pressée d'en finir pour sortir enfin de cet immonde trou à rats.

Je dépasse un aveugle, qui peine à descendre quelques marches. Cling-cling, fait-il avec sa canne blanche. C'est drôle, les aveugles n'existent que dans le métro, leur seul véritable espace de représentation, le seul endroit où nous leur permettons de vivre à nos yeux, allant même, pour une fois, jusqu'à penser à eux, en nous demandant, avec admiration, comment ils font.

La scène dure à peine trente secondes.

Je viens juste de dépasser le marchand de quatre-saisons qui vend ses trois avocats pour dix balles.

Je ne le vois pas arriver.

Il surgit par-derrière, me prend par les épaules, et me fait pivoter, très doucement. J'ai à peine le temps de voir son calme visage qui me sourit.

– N'aie pas peur, ce n'est pas une agression, susurre-t-il. Je ne veux pas te défigurer. J'ai seulement une lame de rasoir dans la main. Je ne vais pas te crever l'œil. Si tu pouvais juste me filer un peu d'argent, ce que tu veux, cinq balles, dix balles, je m'en fous.

La lame dépasse à peine de ses doigts, à moins de dix centimètres de mon œil gauche.

Le couloir est noir de monde, des gens qui courent dans tous les sens après leur correspondance. Je pourrais trouver de l'aide à moins de dix mètres. Je n'ai qu'à crier, me sauver, me défendre. Je n'en fais rien. Il a l'air si sûr de lui.

En plus, quel que soit mon respect à l'égard de Fritz Lang, John Ford et Raoul Walsh, je crois que j'aimerais assez peu être borgne.

Il faut également tenir compte des risques d'infection qui pourraient me condamner à la cécité absolue.

Je mets donc la main à la poche et lui donne ses dix balles, sans même y réfléchir. Je n'ose pas lui demander pour quel prix il pourrait m'éviter de ressembler au capitaine Crochet.

– Merci, mec, t'es un frère, j't'adore, me dit cet enculé en me mettant gentiment la main sur l'épaule.

Et il s'en va de son pas feutré.

Je fais dix mètres, puis me retourne.

Il a déjà disparu.

En admettant même que j'aille chercher les poulets, ce qui est contraire à tous mes principes, je serais totalement incapable de le reconnaître.

Je n'ai même pas eu le temps d'avoir peur. Une fois de plus, la force a tranquillement triomphé. Sang-froid... Efficacité... persuasion...

Je médite un instant sur le talent un peu dérisoire de ce garçon, cette capacité à susciter immédiatement chez moi le plus impératif de tous les besoins: sauver sa peau.

Grâce à lui, je sais enfin ce que je vaux: dix balles!

Quel gâchis, quand on y pense. Il n'a même pas essayé de me convaincre que cette ridicule petite somme était indigne de moi. Ça m'aurait pourtant bien rassuré, moi qui doute tellement de ma valeur.

SDF, mendigots, camelots, voleurs : les Français ne sont décidément pas un grand peuple de commerçants.

Je me dis tout ça en me dépêchant.

La ligne 7 m'attend.

LE CORPS DU CHRIST

Il n'y a pas de femmes trop moches.
Seulement des bouteilles de vodka trop petites.
(Proverbe russe)

ELLE ÉTAIT CAISSIÈRE chez Leader Price. Elle m'a repéré assez vite, tu m'étonnes, même quand il n'y avait personne à l'autre caisse, je faisais la queue à la sienne pour durcir la mienne. Elle n'était pourtant pas d'une beauté fracassante, avec sa tête à taper le bras de fer avec les routiers entre Toulouse et Narbonne. C'était une fille à sortir seulement la nuit, sans vos potes, de préférence à la campagne, loin de la lueur des réverbères. À première vue, elle appartenait à l'innombrable cohorte de ces pauvres victimes qui se verront offrir un aspirateur par leurs beaux-parents le jour de leur mariage.

Qu'importe ! Une seule chose comptait à mes yeux : elle avait des seins énormes ! Du jamais vu depuis Margot Winchester dans les films de Russ Meyer !

Quant à moi, j'étais atteint de monomanie ordinaire : plus mes érections étaient difficiles, plus j'étais obsédé par les gros seins. D'ailleurs ça m'inquiétait un peu. Je me disais, Guillaume, fais attention, si tu continues comme ça, quand t'auras cinquante ans, faudra que de vieilles putes te fassent caca dans la bouche pour que la chose t'excite.

En attendant d'en être là, j'avais des fantasmes de camionneur, c'est-à-dire les fantasmes de tout le monde et de n'importe qui. Le simple fait de penser à ces mots magiques, gros lolos, gros nibards, grosses loches, gros poumons, gros roploplos, etc., j'avais une trique pas croyable. L'idéal de mon zob... J'étais confit en dévotion païenne face à la déesse Nibard. J'ai dû bousiller au moins trois copies d'*Amarcord* en faisant des arrêts-image sur les nichons de la buraliste.

La sincérité de mes élans mystiques était hélas sans cesse contrariée par la pauvreté de mon vocabulaire. L'émotion ressentie face à une paire de flotteurs se traduisait en langage humain par une incantation médiocre, vulgaire et dérisoire, prononcée intérieurement ou à mi-voix : putain, quelle salope ! J'essayais parfois quelques variantes, telles que « alala, qu'est-ce qu'elle est bonne cette chienne », ou encore « je lui bourrerais bien le cul, moi, à cette salope », mais, en gros, il n'y avait pas plus de dix phrases dans mon missel (et non pas mon Bissel, célèbre balai mécanique qui fit fureur dans les années 70, les plus âgés s'en souviennent, avant que d'être détrôné par l'aspirateur). La foi est décidément une chose inexplicable et indicible. Tout ça pour dire que, comme le peintre Paul Gauguin, je vouais une passion coupable aux filles un peu grasses, voire un peu bêtes. Mes rêves érotiques étaient peuplés de grosses femmes, elles étaient toujours là à l'heure de mes pollutions nocturnes.

Cette honteuse fascination était le pur produit de ma frustration. La déesse Nibard était bien sûr inaccessible. Toujours en train de se dérober. Comme le diable, elle avait de multiples visages, mais se manifestait en général sous l'apparence d'un gros tas. Je la croisais sans arrêt, dans les rues, dans les bars, dans les fêtes, dans mes nuits, toujours en train de me narguer, toujours intouchable.

Nous étions bien évidemment dans le registre de la passion et de l'ardeur fanatique. Ce sentiment douloureux n'avait rien à voir avec l'amour. Au contraire. Mes sentiments amoureux évoluaient de manière inversement proportionnelle au tour de poitrine des filles que je croisais sur mon chemin. Étant issu d'une génération dégénérée tenue soigneusement à l'écart de tout besoin spirituel par des laïques fourbes et apostats, je refoulais ma foi en faisant preuve d'un matérialisme sordide qui s'épanchait sur des poitrines osseuses et de la fesse triste. Ainsi tombais-je toujours follement amoureux de grandes minces au physique androgyne, identifiées par moi à des elfes symboles de pureté. Ce qui, en passant, devait certainement dénoter chez moi d'un dégoût profond pour le sexe, à mes yeux totalement incompatible avec l'idéal amoureux. Sans compter bien sûr le fait que ces frêles jeunes filles étaient tout à fait rassurantes pour ma virilité, ce qui prouve également au passage un besoin très machiste de domination dont j'ai toujours eu conscience, encore que ça se discute, et d'ailleurs, concernant l'émancipation féminine, il faudrait faire une étude statistique sur le tour de poitrine des militantes féministes, ramené au diamètre de mon zob racine de deux. Une telle étude, malgré son apport indéniable à l'histoire des sciences sociales, contribuerait à aggraver le processus de désacralisation dénoncé plus haut, alors je dis attention, en plus les militantes féministes, comme toutes les femmes, ne sont pas des objets, on n'est pas à un concours de bestiaux au comice agricole, merde !

Dieu s'étant manifesté sous les traits d'une caissière, je devins donc un habitué de chez Leader Price. D'hebdomadaire, ma fréquentation de ce nouveau paradis orgasmique devint quotidienne.

J'étais là-bas tous les matins, pour acheter du lait, du jus d'orange, de la compote de pommes ou une boîte de rustines, n'importe quoi.

Je la regardais dès que je rentrais dans le magasin, hop, un coup de périscope à droite, avant que de partir en course avec mon petit panier. Le meilleur moment étant bien sûr quand j'arrivais à sa caisse. J'arrivais toujours un peu avant midi, l'heure d'affluence des ménagères, comme ça je faisais la queue pendant au moins dix minutes, enfin un client pas pressé, je pouvais me rincer l'œil plus longtemps.

Quand j'avais peur d'être démasqué, je faisais semblant de me regarder dans une glace qu'on avait mise là, j'imagine, pour faire patienter les gens, encore une idée d'un stratège en marketing, certainement, mais c'est pas ma gueule que je regardais. Je coulais un regard humide sur le reflet de ses gros machins qui débordaient de sa blouse, presque posés sur le tapis roulant de la caisse.

Pour la première fois depuis des mois, un monstre avait su réveiller celui qui dormait en moi depuis trop longtemps. J'étais enfin débarrassé de ce manque de désir encore plus torturant que le désir. J'avais de nouveau un imaginaire érotique en état de marche, même si la première passait mal, mais, en gros et comme on dit, j'avais un tigre dans mon moteur. Et ce au bout de trois jours.

Cette précision chronologique est à l'usage des incultes et des mécréants, et de tous ceux qui n'auraient pas compris que nous abordons ici le thème de la résurrection. En effet, je me touchais désormais deux fois par jour, une fois avant d'aller à Leader Price, une fois en revenant de Leader Price.

J'aurais voulu la consommer sur place, vous me mettrez une grande frite et deux hamburgers, j'avais tellement faim que je la regardais de plus en plus ouvertement, tant pis si j'avais le droit à une remarque humiliante, ça va, ils vous plaisent bien mes seins, espèce de vicieux ! Pourtant, ma timidité naturelle, qui est le lot commun de tous les voyeurs et de tous les frustrés, aurait dû nous pousser à en rester là, en plus, en dehors de bonjour, vous voulez un petit sac, je vous remercie, au revoir, nos conversations étaient assez limitées.

Ce petit manège dura quelques mois et se termina juste au moment où je commençais à m'en lasser. Alarmée par mon indifférence, ma plantureuse caissière se conduisit alors comme se conduisent la plupart des humains lorsqu'ils réalisent que nous sommes fatigués de leur frivolité : elle consentit à dire oui alors que j'allais dire non.

Un matin donc, elle me glissa un petit bout de papier avec le ticket de caisse, oh, très discrètement, je suis sûr que personne n'a rien vu, elle a dit au revoir sans me regarder, déjà tout affairée auprès des autres clients.

J'ai attendu d'être dans la rue pour regarder le papier, il y avait son prénom, Viviane, avec un numéro de téléphone. Tout de suite, j'ai pensé à un graffiti dans un chiotte de la fac de Tolbiac, il y a des années, *Viviane je suce et j'aime ça.*

Je suis rentré chez moi complètement surexcité. Ce genre de truc ne m'était jamais arrivé, seulement à des potes à moi, peu nombreux, que j'avais admirés et détestés à la fois, qu'avaient-ils donc de plus que moi pour avoir été gibiers et non chasseurs ? Je n'avais jamais connu le taïau, un dimanche au fond des bois, des dizaines de femmes en rut mal peignées avec des ongles noirs, toutes à mes trousses. Jusqu'à maintenant, je n'avais jamais été épié, traqué, attaché, déshabillé, violé, pourquoi ? Je n'avais connu que le plaisir et les devoirs de la chasse. Après toutes ces années, grâce à Viviane, j'étais enfin un objet.

J'ai appelé ma déesse le soir même.

– Salut, c'est moi. Je dis c'est moi pour établir tout de suite une certaine relation entre nous, quelque chose de non éphémère, car, quand je rappellerai plus tard, les autres jours, tous les autres jours, je dirai comme ça *c'est moi*, et tu sauras que c'est moi.

– J'ai pas tout compris mais c'est mignon ce que tu dis, elle a fait. C'est toujours comme ça quand tu regardes les filles, je veux dire, c'est pas très discret ? elle a ajouté.

– C'est pas totalement faux, mais comment faire autrement ? Vu la dureté de ton travail et le nombre de personnes que tu vois défiler tous les jours, c'était la seule manière de me faire remarquer... Si je t'ai choquée je m'en excuse... Tu m'en veux ?

– Mais non je t'en veux pas... Si je t'en voulais, je ne t'aurais pas donné mon numéro.

Bien sûr, j'avais dit ça exprès, pour qu'elle me donne la réponse que j'attendais. Mais ça m'a quand même étonné. Dans ce genre de dialogue convenu elle aurait dû d'abord répondre « mais si, je t'en veux à mort... », avant d'ajouter : « Mais non je déconne, je suis très contente que tu m'aies appelée. » Les choses s'annonçaient bien. On allait pouvoir fixer un rendez-vous pour le soir même. Ce que je fis avec franchise et brusquerie, fallait pas traîner. Écoute, j'ai dit, on pourrait peut-être se voir ce soir. Elle a dit oui tout de suite. Je n'ai même pas eu droit à un « alors toi au moins t'es un rapide, tu perds pas de temps », je l'avais mal jugée. Je crois que les caissières de chez Leader Price, dont on met trop souvent en doute l'intelligence, sont victimes d'un certain mépris de classe.

On s'est retrouvés dans un café en bas de chez moi. Le serveur était un gros con qui jouait avec moi une espèce de jeu fatigant, il ne supportait pas que je commande un verre d'eau avec mon café, le verre d'eau est offert par la maison, il glissait perfidement, non sans m'avoir dit avant, vous voulez quoi comme eau, Vichy, Badoit, Évian ?

– Un verre d'eau du robinet suffira, disais-je.

– Ah, oui, bien sûr, de l'eau du robinet, c'est beaucoup moins cher, il persiflait.

– Voilà mon brave, me dit-il un jour en me tendant mon verre d'eau.

– De rien, mon ami, lui répondis-je.

Il y avait même un panneau au-dessus du comptoir avec marqué *Verre d'eau 3 francs pour les non-consommateurs*. J'aurais aimé trouver le courage d'aller perdre ma journée au commissariat à remplir la main courante pour dénoncer ces salopards…

J'ai raconté ça à ma compagne, une entrée en matière comme une autre… Histoire de planter le décor… Le décor du quartier. Les gens ont besoin de points de repère pour vous juger, il vous faut toujours venir de quelque part. Alors j'ai décliné mon quartier. Mon baquegrounde à moi, mon passé et mon avenir, la seule chose qui ne bougeait pas.

– Tu vois, ai-je dit, ici c'est un peu un village, mon village, animé et tranquille, pas trop de bruit, des cafés et des cinémas, à la fois le centre et la périphérie.

Elle venait du village de la Bastille, on était presque voisins, juste la Seine à traverser.

La conversation a roulé comme ça sur quelques sujets assez limités, fallait pas en demander trop, j'étais pas à un colloque non plus. J'ai dit je fais des chantiers de temps en temps, quelques murs peints en blanc contre de l'argent pas déclaré. Elle a dit, ah ouais, c'est cool, j'ai un copain qui vit comme ça, au moins t'es libre, t'as personne sur le dos, t'as de la chance. Il n'y avait aucun malaise entre nous, surtout avec l'alcool qui nous aidait à bien nous comprendre. On était juste deux adultes un peu revenus de tout qui avaient envie de tirer un coup. Je n'ai même pas eu à faire mon petit charmeur. C'est elle qui m'a bousculé.

– Bon, qu'est-ce qu'on fait maintenant, tu m'invites chez toi ? elle a demandé.

Un oiseau rare.

Je les ai caressés sans les voir, en les devinant à travers l'étoffe, durant de très longues minutes, le plaisir était vraiment dans l'attente, qu'il fallait prolonger le plus longtemps possible, dominer son impatience et jouir de l'instant, c'était ça le meilleur. M'étourdir en les palpant, évaluant, tordant, pinçant, mordant, chatouillant, tire-bouchonnant, en les frottant l'un contre l'autre, pour tout dire en les maniant, comme un maître tricheur avec ses cartes, ses énormes loches que faisaient vibrer mes doigts de violoniste. Je lui ai dit, surtout prends ton temps, comme une effeuilleuse, tu as l'habitude, mais pour moi, tu comprends, c'est la première fois, une fille comme toi. Elle a enlevé son soutien-gorge très lentement. Très très très lentement... Je l'ai regardée faire, le regard plein d'allégresse. Enfin, on m'attendait.

ET ALORS LÀ ! MAIS ALORS LÀ !! Je me suis senti comme un enfant devant un sapin de Noël avec tout plein de cadeaux, j'ai cru que les yeux me sortaient de la tête, elle a éclaté de rire en voyant ma tête d'envoûté. Envoûté, ensorcelé, maraboutée, fasciné, hypnotisé, possédé, fanatisé. Voilà tout ce que j'étais. Pantelant et corvéable à merci le temps d'une érection.

Elle avait des seins gros au moins comme des balles de football homologuées par l'UEFA, avec des tétons noirs et aussi larges que des soucoupes. Les cheveux étaient noirs aussi. Longs, gras, épais, vulgaires, désordre, ils annonçaient la touffe.

Viviane était bien digne de la réputation que je lui avait faite, pendant toutes ces nuits à penser à elle : une vraie nature, qui donne et qui prend, sans arrière-pensées, exigeante, volontaire et concentrée, pas une fille qui s'emmerde, quoi !

On a bien bossé tous les deux. Moi discret, elle beaucoup moins. J'ai pensé à ma voisine, dont j'étais un peu amoureux, sûrement réveillée par ses cris de bête, AH OUIII !!! Tout ce boucan devait l'empêcher de dormir. Peut-être que ça l'excitait. Ou peut-être même que ça lui faisait un peu du mal, elle aurait sûrement tout donné pour être à la place de celle qu'elle appelait déjà *l'autre*. J'aurais bien voulu. Mais ça devait surtout lui casser les oreilles, et j'ai eu peur qu'elle se mette à taper contre le mur avec ses petits poings ou avec un balai.

Mais, comme toujours et sans surprise, c'est le voisin du dessous, le connard qui arrête pas de gueuler après le chien du premier quand il aboie, un vrai irascible dépressif parano celui-là, qui s'y est mis.

– C'est pas fini les conneries, tu vas la faire taire ta morue ! il a crié.

– Ta gueule, hé, crapaud ! j'ai rétorqué.

– Je vais appeler les flics, moi !

– Mais vazy, cafard, appelle-les les flics, je t'encule, j'encule ta mère, j'encule ta race, je te fais pipi le long de la jambe, ai-je explosé.

C'est tout le problème des voisins : quand on commence à jouer au con avec un voisin, on devient souvent encore plus con et plus voisin que lui.

En fait, je suis très gêné, j'ai de ces pudeurs, parfois. Un vrai mec. Hâbleur, mais gêné. Pas elle. On dirait que ça l'excite, cette querelle. Il ne manque plus que des ressorts au pucier pour que le bordel soit total. J'essaie de rester concentré. Pour ne pas éjaculer, mais aussi pour échapper au vulgaire de la situation.

Et tout d'un coup, comme ça, sans raison, en pleine fornication, je me mets à réciter du Calaferte. *Au commencement était le sexe,* a-t-il écrit au début de son grand livre. C'est cela... Il y a Dieu et il y a la Chatte, avec tout ce grand vide en émotion entre les deux, rien d'autre désormais. Nous ne sommes même plus communistes, pas encore fascistes. Nos grandes crises mystiques, comme toutes nos folies, ne peuvent plus s'attraper qu'entre les jambes des femmes, la seule chose qui nous reste. J'ai le gland qui bascule dans la métaphysique. Soudain je comprends tout. Le grand trou noir... Le puits sans fond... Le mystère absolu... Et j'y mets les doigts, et la bite, et la tête, alouette ! Oh Jésus ! Mais quelle salope ! Oh, à moi Platon ! Vamos à la caverne ! Putain ! Les Rois mages en Galilée ! Boney M ! Jésus est en moi !

Flic flac faisait sa chatte autour de mes doigts (à moins que ce ne soit floc floc), ahhhh faisait sa bouche, elle faisait un boucan, pire que la foudre quand elle arrache un arbre, ce qui donnait, en conjuguant nos orifices :

Flic flac… Ahhhh… Hummm… Pop (le bruit de mon doigt dans son cul) !

Flic flac… Ahhh… Hummm… Pop !

Flic flac… Ahhh… Hummm… Pop !

Et vazy la cravate de notaire ! Je sens que ça vient. Je bouge ma bite de là pour venir dans sa bouche. Je ne suis plus qu'amour… Je vais enfin la réussir, la grande fusion !

LE CORPS DU CHRIST ! ai-je hurlé en éjaculant entre ses dents.

Et alors là, elle a fait glourp ! Sur la tête de ma mère si c'est pas vrai ! Juste au moment de l'eucharistie, à l'instant suprême, tout prêt que j'étais de réconcilier le sexe et la religion, cette grosse vache a fait glourp. Elle m'a regardé de son regard vide d'eau de vaisselle, j'aime pas avaler, a-t-elle geint.

Les grands plaisirs précèdent la solitude et la mort.

Le Seigneur a donné, le Seigneur a repris.

La messe est dite, alléluia !

III
LES RÊVES DU PETIT MALHEUREUX

BELLE

Ce soir à minuit, c'est la fête au village
Et nous danserons sous les platanes verts
J'aurai dans mes bras la fille la plus sage
Pour qu'ils vous redonnent ma chanson sur la mer.
CHARLES TRENET

JE RENTRE CHEZ MOI, un peu fatigué, un peu saoul. Il doit être une heure du matin. L'heure à laquelle ceux qui bossent vous mettent à la porte de chez eux. D'ailleurs, c'est ce qu'ils disent, je suis désolé, vieux, c'est pas que je veux te foutre dehors, mais y'en a qui travaillent.

Je suis allé taper le carton avec mes potes. Une des rares activités socioculturelles qui me restent. Une soirée entre hommes, pas besoin de se raser, pas de frais pour la toilette, je suis assez doué aux concours de pets, je rote couramment, entre amis ça suffit. J'ai gagné, comme d'habitude. Les cartes sont peut-être le seul domaine dans lequel je ne sois pas un looser. Mon talent pour les activités inutiles… Mon amour pour la frivolité… Je communie dans les cartes comme dans l'alcool. Un vrai bon à rien. Je sais forcer la chance, la plier à ma volonté, et ça marche, j'ai l'impression d'être Bonaparte au pont d'Arcole, je m'aime, je me suis. Je sais toujours faire preuve de panache quand il s'agit de jouer à la roulette russe avec des balles à blanc.

Je monte les six étages qui mènent à ma chambre en soufflant comme un bœuf. Pas étonnant, avec toutes les cigarettes que je m'envoie. Le tabac, mon horloge à moi, ma pilule contre l'ennui, l'ami qui jamais ne vous trahit et va écourter ma vie. Ces escaliers, ma seule activité sportive, définitivement. La dernière fois que j'ai vraiment fait du sport ? Au bac. J'ai refusé de sauter avant 1,60 mètre pour faire ensuite du fosbury sous le fil, zéro j'ai eu. Quelques années auparavant, durant une épreuve de gym, j'avais pété pendant la roulade arrière, ça c'était vraiment la honte, ah ah, tout le monde rigolait, Guillaume, 1 pour le pet, ils ont dit. Enculés ! Ils m'appelaient l'athlète. Pourtant, malgré mon manque de talent pour les activités sportives, je suis capable de vous dire de mémoire qui a gagné Milan-San-Remo en 1961, et je n'ai jamais raté un Tour de France.

Il y a quelqu'un chez moi. La lumière est allumée, je vois ça du couloir. J'ouvre la porte, j'entre, et je suis saisi par l'allégresse, comme tous les soirs depuis bientôt six mois. Belle est là, qui me sourit.

Elle est en train de lire *L'Idiot*, mon évangile à moi. Dans quelques mois, j'essaierai de lui apprendre à jouer aux cartes, mais pour l'instant je commence par le plus facile. *L'Idiot* donc. Je le relis sans cesse, et je lui ai conseillé d'en faire autant. On ne lira jamais assez Dostoïevski ! Toute cette humanité grotesque et bouleversante, l'histoire des hommes, de tous les hommes, et puis tellement de tendresse, au fond, pour nos petitesses. Dieu, les femmes, la folie, l'alcool, toutes ces choses essentielles qui nous guettent. Tout ce que je voudrais expliquer à Belle, ou plutôt lui faire sentir, tout ce qui bouillonne dans la tête d'un homme, toute cette incohérence, cette irrationalité, cette passion pour la destruction au nom d'un absolu qui n'existe pas.

J'ai une autre raison de lui faire lire ce livre. Dedans, il y a cette fille, Aglaïa, belle et douce, tendre et violente, insolente et charmeuse, mutine, espiègle, libre enfin… Consolation de mes jeunes années face aux déboires de ma vie… C'est fou ce que j'ai aimé cette fille. Je n'ai même jamais autant aimé. La pire des rivales pour les autres, les vraies filles de la vie. Pire pour elles que le marin qui a épousé la mer. La référence absolue.

Et puis j'ai rencontré Belle. Seulement, je ne suis pas le prince Mychkine, moi. Le prince Mychkine est un idiot, il a tout gâché, ce crétin, mais pas moi, j'ai trouvé mon Aglaïa, et je la laisserai pas partir. Belle est là, chez moi, et y restera. Jamais je la laisserai partir !

Je voudrais lui dire tout ça, mais je suis timide comme le gros Obélix, j'ose pas. Je me jette dans ses bras comme un perdu, comme un désespéré, oh, ce petit frémissement qu'elle a à chaque fois... Le bonheur me rend idiot, et j'aime ça. « Ça va, Guillaume », dit-elle comme on me l'a jamais dit avant, ce regard attentif, ce besoin de me faire sentir qu'elle est là, même quand je vais bien, parce qu'avec moi, on sait jamais. Oui, Belle, je vais bien, grâce à toi, pour toi, une nuit tu as crié, tu rêvais qu'on me faisait du mal, mais j'ai dit rendors-toi, je ne permettrai à personne de me faire du mal, je ne me laisserai pas nous abîmer, je chasserai toute ces idées noires, j'étais tellement triste et méchant avant toi, j'aurais pu faire mourir des fleurs artificielles. Mais maintenant, tu es là.

J'ai rencontré Belle par l'ANPE, c'est bien la seule fois qu'elle était là quand j'avais besoin d'elle, et qu'elle a servi à quelque chose, celle-là. Une chose d'étrange arriva un matin : je me réveille, et là, paf, tout d'un coup... Je me dis... IL FAUT BOUGER, MAN !

Soudain, j'en avais marre de vivre comme un Oblomov. Marre de me saouler, de me branler. Marre d'avoir réalisé tout mes fantasmes napoléoniens en étant le érémiste le plus beau, le plus dandy et le plus élégant de toute la place de Paris. Marre de clapoter dans mes miasmes. Marre de lutiner des filles saoules ou victimes d'un coup de blues tous les samedis entre trois et cinq heures du matin. Marre de rester des heures prostré dans mon lit à tutoyer le plafond. Marre de vivre comme un légume.

J'envisageais même de me réconcilier un jour avec le travail, cette querelle de voisinage qui a mal tourné.

IL FAUT BOUGER, MAN ! C'est ce que me répétait sans arrêt mon dealer africain clandestin sans-papiers.

Y'EN A MARRE !
DE SE SAOULER, DE SE BRANLER
Y'EN A MARRE !
DES CRAPAUDS ET DES CAFARDS
Y'EN A MARRE !
ALORS JE DIS JE SUIS PRÊT POUR LA BAGARRE !
ALORS J'APPELLE TOUS LES JEUNES DE SAINT-DENIS ET DU 93.
TOUS LES BÂTARDS TOUS LES TÊTARDS
À SE LEVER
À SE BOUGER
À SE MOBILISER
LUTTONS LUTTONS
CONTRE TOUS LES BOUFFONS !

Que fait un chômeur quand il en a marre de chômer ? Il pourrait chercher du travail. Mais il court le risque, par cet acte inconsidéré, d'aller au-devant d'un échec douloureux, traumatisant et programmé, rendant encore plus difficile un processus de réinsertion sociale délicat et compliqué. C'est pourquoi le chômeur endurci et multirécidiviste s'oriente en général vers un stage de formation. Cette étape de transition, que l'on peut situer approximativement entre rien et rien, occupe ses journées, lui donne bonne conscience, le fait renouer avec le savoir et la fréquentation des autres, le fait sortir, oh, très provisoirement, de sa marginalité, et surtout, recule l'instant fatidique ou il devra enfin se casser le cul, envoyer lettres de motivations et CV, autant d'actes manqués pour faire semblant de chercher un travail dont il ne veut pas, de toute manière du travail y'en a plus, mec, de quoi tu te plains, on te file 2 000 F par mois pour acheter la paix sociale, en plus tu devrais être fier, même si tu ne le sais pas tu fais partie de l'avant-garde, c'est toi le monde de demain, le communisme a interdit le chômage, le libéralisme interdira le travail, aie pas peur, rassure-toi, t'iras pas bosser, imaginez ma gueule si je me réveillais un matin, le plein-emploi a été rétabli dans ce pays, m'apprendrait la revue de presse d'Ivan Levaï. Mais non. C'est sans danger.

J'avais donc décidé de faire un stage. D'informatique, plus précisément. Je détestais les ordinateurs, ces machines à décerveler, programmées pour abrutir les humains avec des jeux débiles pour demeurés. C'est ce que je me disais en tout cas à l'époque. D'un autre côté, se poser en ennemi de son siècle flatte l'ego mais n'amène à rien, si ce n'est à se faire du mal. Alors, autant accompagner le progrès et décider soi-même du moment où on passera à la casserole.

C'est donc animé de cet état d'esprit positif que je me suis mis à la recherche d'un centre de formation conventionné. J'ai fait un saut à l'ANPE, consulté la liste des établissements où l'on pouvait apprendre le traitement de texte, noté quelques adresses, pour finalement me pointer à l'école la plus proche. La fille qui m'a reçu m'a expliqué qu'avant de décrocher le stage de mes rêves je devais d'abord apprendre la dactylographie, mais que ça, malheureusement, c'était payant, mais que peut-être mon ANPE accepterait de prendre en charge ma formation. Va donc pour un stage de clavier…

On était début septembre. Contrairement à moi, qui avais passé tous mes après-midi d'été à bronzer sur l'île Saint-Louis avec un bon bouquin, les gens qui attendaient à l'ANPE avaient tous l'air tristes et gris. Je me suis demandé comment ils occupaient leurs journées pour être dans cet état-là. Peut-être cherchaient-ils du travail ?

Dans son petit bureau, le petit fonctionnaire

binoclard et ventru a dit vous êtes sûr que vous ne pourriez pas trouver un stage gratuit, j'ai dit je sais pas mais peut- être que vous vous pourriez m'indiquer une bonne adresse ? Il a vaguement soulevé deux trois pages dans un gros livre, fait semblant de regarder, mais même en étant habité par le souci de préserver les deniers de l'État, vraiment ça a eu l'air de le faire chier de chercher, c'est bon il a dit, vous aurez la réponse dans un mois, je vais envoyer une demande de prise en charge, vous recevrez tout ça par la poste.

Le stage a débuté deux mois plus tard. J'y suis allé heureux comme un enfant, avec ma trousse et mon cartable, j'allais me faire des amis, pour sûr.

J'étais dans le bureau de la secrétaire en train de signer quelques papiers quand elle est entrée. Elle m'a d'abord paru moins jeune et moins jolie qu'elle n'était en réalité. Elle m'a à peine regardé, c'est le problème avec les jolies filles, elles ont toujours l'air d'avoir un avenir dont vous ne faites pas partie, les yeux au loin, préoccupées par quelque chose, mais pas par vous.

Je l'ai revue dans la classe. Je me suis assis à coté d'elle, au premier rang. J'ai compris pourquoi elle ne m'avait tout d'abord pas tapé dans l'œil. Elle avait des traits tellement parfaits qu'on en oubliait qu'elle était belle. Petite, blonde, menue, avec des yeux verts à plonger dedans, une pureté de Vermeer. Je l'aurais voulu avec les cheveux un peu plus courts, comme ça elle aurait tout à fait ressemblé à Jean Seberg. Mais elle n'avait apparemment pas le culte des apparences, très nature, une des rares filles encore plus jolie sans maquillage. Une adorable petite frimousse qui deviendrait en vieillissant un beau visage serein avec toujours dans les yeux l'étincelle du regard curieux et amusé. Elle n'était pas mal habillée, non. Plutôt pas habillée, pantalon de velours râpé, chaussures de trekking usées, tee-shirt blanc, elle devait faire am-stram-gram tous les matins devant sa penderie, et ça lui allait bien.

La prof était très très gentille, comme toujours avec les paumés comme nous, très dame patronnesse, vous êtes dans une mauvaise passe, mais je le dis toujours il ne faut pas se décourager, je ferai tout mon possible pour vous aider, on finira ce stage de dactylographie par une journée consacrée à taper des C. V., si certains ont des problèmes pour la rédaction je passerai parmi vous

À part moi il y avait seulement un autre type, Patrick j'ai appris qu'il s'appelait, cinquante balais et une tête d'intellectuel fatigué, je ne sais pas ce qu'il faisait là, mais apparemment il avait pas la grande forme, Patou. Encore un qui avait pris le toboggan. J'étais donc le seul jeune mec, pas de concurrence déloyale à redouter.

On était une vingtaine environ, les filles, jeunes ou vieilles, avec toutes des têtes de secrétaires qui n'avaient pas eu encore la chance d'épouser leur patron.

Puis on s'est tous présentés, chacun notre tour. On devait former un groupe joyeux et soudé par la camaraderie, animé par un but commun, on a décidé tout de suite qu'on s'appellerait tous par nos prénoms. Chacun y est allé de sa petite histoire, a retracé son parcours, avec bonne humeur. Je me suis dit au moins ici c'est sympa, on est tous dans la merde, tous chômeurs, personne ne nous juge, c'est quand on est au fond du trou qu'on apprend parfois à respecter les autres, sans esprit de rivalité aucun.

C'était plein de BEP ou de CAP, de diplômées pour rien qui avaient besoin de se reconvertir. Quant aux vieilles en bout de course, elles étaient bien crépusculaires, nous dans vingt ans, et vu leur gueule, à mon avis c'était plutôt mal parti, mais on pouvait quand même pas leur dire ciao les mémés, la France a plus besoin de vous.

Je me suis présenté sobrement, j'ai besoin d'apprendre la dactylographie pour faire ensuite de l'informatique, dans quel but je ne sais pas mais de toute manière c'est indispensable.

Et puis Belle a parlé, elle a dit voilà je viens de rater mon bac, je vais le repasser en candidate libre parce que l'école ça suffit, et en attendant je veux apprendre la dactylo pour trouver des petits boulots en intérim.

La prof nous a distribué une méthode et puis on a tous commencé à taper comme des brutes. Les machines faisaient un boucan incroyable, j'avais l'impression qu'on me donnait des coups de marteau sur la tête. En plus il fallait faire des écartements pas possibles avec les doigts, une vraie gymnastique, je n'avais aucune souplesse, ah si seulement j'avais appris le piano plutôt que de jouer au flipper.

Heureusement qu'il y avait Belle à côté de moi, je la regardais sans arrêt, j'étais toujours en train de couler un œil, l'air de rien. À un moment elle a noué un foulard autour de ses cheveux, et là je me suis dit, tout ce que tu veux, même la bague au doigt. J'aurais voulu la prendre dans mes bras illico pour la bercer ; lui lire des contes d'Andersen ; la border le soir dans son lit ; lui acheter un gros ballon rouge ; l'emmener au kinder-garten ; mettre du talc sur ses petites fesses roses !

Et elle, bien sûr, absorbée par sa besogne, tap-tap, tap-tap, à peine consciente de ma présence, m'accordant seulement deux ou trois regards bienveillants, juste histoire d'être polie.

J'avais deux semaines pour qu'elle me viole.

Le premier soir, j'étais tellement épuisé d'avoir tapé sur le clavier pendant toute la journée que j'ai enfin réussi à échapper à l'insomnie. Comme tous les soirs avant de m'endormir, j'ai coulé un œil envieux sur une photo de Nush Eluard et de sa sœur, un chef-d'œuvre de Man Ray punaisé sur mon mur, et j'ai rêvé sans trop y croire, à Belle et à toutes les belles de nuit qui peut-être un jour me souriraient.

J'ai dormi comme un bébé cette nuit-là.

Au bout de trois jours, j'ai commencé à prendre le rythme, je tapais de plus en plus vite, et je me suis dit c'est bon, encore un mois et tu peux t'épiler les jambes, tu seras une vraie secrétaire. C'est d'ailleurs ce que j'ai dit à Belle pour la faire marrer.

On a commencé à se parler pendant les pauses cigarettes, avec les autres, à la cafète de l'école, et puis, très vite, très naturellement, on s'est retrouvés plus que tous les deux, ou peut-être que les autres étaient là mais on les voyait pas, et à la fin c'était plus des pauses cigarettes, c'était des heures passées à discuter, avec quelques pauses dactylo, on allait taper avec les autres, par peur d'un silence entre nous, qu'on n'ait plus rien à se dire.

J'avais pourtant un problème. J'avais au moins douze-treize ans de plus qu'elle. J'essayais de me rassurer, voyons, l'âge ne compte pas, mais quand même, le petit malaise était là. D'ailleurs on ne s'est jamais demandé nos âges respectifs avant qu'on s'embrasse, mais justement, tout était là, dans le non-dit. Une fois seulement, je lui ai expliqué que je touchais le RMI, et elle a dit :

– Olala mais il faut avoir au moins vingt-cinq ans pour y avoir droit !

La manière dont elle avait dit ça... Je me suis senti très loin d'elle, tout d'un coup...

En plus, séduire une même pas bachelière, j'avais l'impression d'être un satyre.

Il y avait pire : dans ma grande petitesse, j'imaginais la réaction de mes potes, encore un trentenaire suborneur de petites filles pour se rassurer, j'entendais déjà les ricanements. Mais j'avais surtout peur de me faire jeter comme une vieille bouse, qu'elle trouve ça obscène et saugrenu nous deux, qu'elle éclate de rire. J'essayais pourtant de me rassurer. T'es pas vieux, mec, je me disais. La preuve, tu continues d'attirer les moustiques. T'as que trente ans et trois rides sur le front, sors ton calibre.

Elle a bien senti tout ça, à cause de Patrick qui était sur l'affaire lui aussi. Il arrêtait pas de la regarder et de lui sourire, avec sa pauvre tête de chien battu.

– Il me fait de la peine, a-t-elle dit, toute à sa bonté, j'ai envie de lui écrire.

– Il a envie de te mettre un coup, oui, ai-je fulminé.

Elle a dit non, je peux pas y croire, c'est toi qui dis ça, tu as vu l'âge qu'il a ?

– Et pourquoi ? Et au nom de quoi il n'aurait pas le droit de vouloir séduire plus jeune que lui ? me suis-je indigné.

On voyait bien le transfert… Ce fut notre première engueulade, Belle et moi..

Elle m'a expliqué qu'elle vivait toute seule avec sa mère, et tout de suite je me suis dit c'est bon pour moi, ça, une fille sans papa, on croit à la psychanalyse quand ça nous arrange. On la sentait très forte et très sereine, calme, paisible et sûre d'elle-même. D'ailleurs, quelqu'un qui décide de passer son bac toute seule, dès le début j'ai eu du respect.

En même temps je devais tout le temps faire attention à ne pas la brusquer. Face à une petite Lolita qui s'amuse, le trentenaire se fait doser, elle en fait ce qu'elle veut, mais pas Belle, non, elle n'avait pas envie de jouer, et là c'était trop facile d'être le plus fort. Toute cette foutue expérience qu'on croit avoir, teintée de parisianisme, ce cynisme facile pour écraser l'idéal des autres. Elle m'a parlé d'une phrase d'Alain, niaiseuse à souhait, qui disait quelque chose comme *dans la vie faut prendre sur soi et persévérer*, très petit-bourgeois IIIe Rep, et dont elle faisait son idéal. J'ai répondu ah mais c'est nul ça, d'un ton un peu méprisant, très tu sais ma fille, à moi on ne me la fait pas, je connais la vie, va, quand t'auras mon âge tu comprendras. Une phrase de vieux con, quoi.

Son regard a vacillé et j'ai su que je l'avais blessée, espèce de damné foutu con, quand j'étais petit on m'appelait Brise-fer.

Une autre fois, elle m'a dit qu'elle allait manifester avec la Croix-Rouge, je crois, pour protester contre le sort fait aux petits enfants du Tiers-monde, déchiquetés en mettant les pieds sur des mines antipersonnel, et là je n'ai pas eu envie de me moquer, parole, au contraire, je me suis dit même si maintenant c'est trop tard, j'espère que j'ai été comme ça avant. Moi aussi, quand j'étais petit, j'avais lutté contre la vivisection, je devais faire signer une pétition. Comme ça me gonflait de faire du porte-à-porte, j'avais juste pris l'annuaire, recopié des noms au hasard et imité les signatures. Fin de ma période militante.

Belle faisait tout pour donner à nos conversations un caractère asexué. J'ai essayé de parler de quelques-unes de mes funestes expériences amoureuses, un de mes sujets de conversation favoris, mais elle n'a pas relevé, le sexe était pour l'instant sujet tabou entre nous. Pourtant, malgré sa timidité à mon égard, elle était trop sûre d'elle-même pour être totalement innocente, un mec, peut-être deux, les jeunes, maintenant, avec le sida, ça rigole plus, on se replie sur les vieilles valeurs, l'amour et la fidélité, sinon pas de quéquette, encore une phrase de vieux con. Peut-être n'avait-elle jamais passé une nuit entière avec un garçon ?

N'allez surtout pas croire que j'étais le chef. Je n'en menais pas large. Heureusement que j'avais plus vécu qu'elle et donc plus de choses à raconter. D'ailleurs, sur le chapitre de mes expériences et de mes voyages, elle savait très bien me remettre à ma place.

– Tout ça tu me le racontes sans exagérer, bien sûr, elle me disait en souriant.

J'avais un peu peur de passer pour un petit con vantard qui se fait mousser, mais je crois que mes défauts lui faisaient plaisir, ça équilibrait nos rapports en quelque sorte, on voyait déjà le côté maternel chez cette toute jeune femme encore enfant, l'indulgence féminine envers nos péchés, le talent consolateur, je me suis dit enfin quelqu'un dans les bras de qui je pourrais pleurer, baisser ma garde, moi aussi j'ai peur du noir, du vide et de demain, mais à qui enfin le montrer sans se faire écrabouiller ?

J'ai su que je lui plaisais définitivement quand un jour une copine à elle l'a accompagnée jusqu'à l'école. Elle n'avait aucune raison d'être là, celle-là, au petit matin, si ce n'est de venir m'épier, pour raconter ensuite aux autres copines.

J'ai dit bonjour et fait comme si de rien n'était, pendant qu'elles étaient là à chuchoter comme des petites conspiratrices, en me regardant par en dessous. Je commençais à maîtriser la situation.

Le stage se terminait peinard. À part Belle, les autres étaient pour moi une nuée de femmes sans visage. En même temps, j'aimais tout le monde. Je me rappelle, la prof a dit une chose drôle, c'est incroyable ce que vous avez l'air épanoui, Guillaume, ce stage vous a fait du bien.

– Grâce à vous, ai-je répondu, flatteur.

Toutes les filles me souriaient, une vingtaine de petites mères conspirant de tendresse et d'affection. J'étais devenu la mascotte de la classe, le baromètre de notre beau fixe à tous, le symbole de la réussite de notre groupe. Pourtant je ne disais pas grand-chose, bonjour Valérie, bonjour Leila, tu es très jolie habillée comme ça, Patricia, tu vas faire tourner la tête à tous les garçons, si j'étais ton mec je serais pas rassuré, tout ça dit sur un ton un peu bête et radieux, comme tous les amoureux.

On était pourtant dans le vague, Belle et moi. J'avais essayé de suggérer quelques sorties tous les deux, aller voir un Fellini ou un Bergman, il faut toujours avoir un alibi culturel quand on n'a que sa gueule pour soi. Enfin, l'idée était dans l'air, mais elle n'avait pas relevé. Je crois qu'elle gardait ses distances parce qu'elle avait peur, elle devait se dire celui-là trop compliqué, trop instable, mortel.

En fait elle avait peur de souffrir de trop m'aimer, bien sûr, mais moi sur le coup je n'ai pas compris. Le dernier jour, la prof a proposé qu'on profite du soleil pour aller pique-niquer tous ensemble dans un parc près de l'école. J'aurais préféré rester seul avec Belle, mais elle a dit non, je veux aller avec les autres, c'est le dernier jour, on se reverra jamais.

Elle parlait des autres, mais peut-être de moi aussi, et j'ai pris ça comme un adieu qui m'était destiné, mine de rien, tranquillement, sans qu'on fasse dans le tragique. J'ai eu tellement peur.

Je ne voulais pas lui demander son numéro de téléphone. Trop banal. J'aime les complications. Je voulais donner un côté romantique et jamais vu à notre histoire, ne pas commencer sur quelque chose de convenu.

Non. Je mens. Je reconstruis, je me flatte, j'idéalise.

J'avais juste la trouille, je ne savais pas comment lui dire je veux te revoir, trop peur qu'elle me rie au nez.

J'eus alors une très bonne idée, une super-méga-bonne idée. Je me suis rappelé son idée d'écrire à Patrick pour lui dire Patrick t'es pas tout seul. En plus, vu son goût pour la littérature (notre premier sujet de conversation) et son air gêné quand je lui avais demandé si elle écrivait, je suis sûr qu'elle avait des ambitions littéraires, ou qu'au moins elle tenait un journal, mon cher journal, je viens de rencontrer un mec, il a l'air jeune, mais je crois qu'il est beaucoup plus âgé que moi, au moins vingt-cinq ans (si elle savait), j'ai l'impression qu'il me prend pour une jeune conne encore dans les jupes de sa mère, mais pourtant parfois quand il me regarde il a l'air très intéressé, je me demande si je ne suis pas un peu amoureuse, maintenant il est tard, je vais aller me coucher en essayant de pas trop penser à lui.

Quand on s'est séparés, dans un pisseux couloir de métro, c'était vraiment le moment ou jamais, allez, mec, faut pas mollir.

– Eh bien… Je sais pas… Comme tu aimes bien écrire, j'ai pensé que tu pourrais peut-être m'envoyer une petite lettre pour me donner de tes nouvelles. Ça me ferait plaisir.

– Je t'écris, comme ça, a-t-elle demandé, indécise, mais je ne connais même pas ton adresse ?

– S'il n'y a que ça… Je peux te la donner tout de suite, mon adresse.

– D'accord, je t'écrirai et je t'enverrai la mienne.

J'ai écrit mon nom et elle s'est mise à rigoler, j'ai vraiment un nom ridicule, à séduire l'électorat paysan. Elle m'a dit le sien, c'était pas terrible non plus, on s'est marrés.

On s'est fait la bise, et moi, j'ai juste légèrement serré son bras, à bientôt Belle.

C'était tout.

Je n'avais ni adresse ni numéro de téléphone, mais elle allait m'écrire, j'en étais certain. Elle était vraiment bonne mon idée !

Les jours suivants, j'ai pensé à tout ce qu'on allait pouvoir faire tous les deux. Les jolies promenades sur l'île Saint-Louis les dimanches de printemps, main dans la main, tandis que les files d'attente s'allongent chez Berthillon, les potes qui disent oh mais c'est un ange que tu as trouvé là, ma fierté d'être avec elle.

On passerait nos journées au lit à dire des bêtises, ou même à ne rien dire du tout, ensemble dans un silence partagé, ce silence enfin voulu, enfin désiré, qui est la meilleure preuve de l'amour, quand on n'est plus obligé de faire des grimaces pour exister. J'arrêterais de péter au pieu pour lui plaire, je le jure, ce serait fetnat le samedi et Noël le dimanche, avec tous les jours de la semaine pour y repenser. J'allais enfin assouvir mes fantasmes de pygmalion, lui apprendre toutes les belles choses que j'aimais, toutes ces belles choses inutiles qui nous permettent d'oublier que l'on récompense toujours ce qu'il y a de plus petit chez l'homme. Je serais le gentil professeur, tendre, aimant, attentif, prévenant, dévoué et tout.

Elle devrait aussi apprendre à me supporter, tous les après-midi de juillet à regarder le Tour de France, en buvant de la menthe à l'eau, à cause de la chaleur, mais n'aie pas peur, j'aime pas le foot, pas de mercredi soir coupe d'Europe avec moi.

Et puis le sexe bien sûr. Quelque chose de tendre qui s'encanaille avec le temps, à force de le faire et d'en parler, ce serait mon ange et ma p'tite pute, faire l'amour et baiser en même temps, tendresse et satisfaction. Je m'inspirerais d'ailleurs de nos expériences pour rédiger un petit ouvrage philosophique. *La Sainte et la Pute : essai dialectique pour une sexualité heureuse*, ça s'appellerait.

J'ai pensé à tout ça avant de m'endormir.

Dès la première nuit elle était là, tout contre moi. Je lui ai pris la main, gentiment, et elle a embrassé mes doigts. Je me suis égaré dans ses cheveux. Et puis j'ai caressé ses petits seins minuscules, comment faire pour leur plaire, apprends-moi. Quand elle a enlevé délicatement sa culotte, olala, pas besoin de vous convertir au multimédia et de visiter le Louvre sur CD-ROM, toute la beauté du monde résidait là, dans ce petit triangle parfaitement découpé couleur châtain clair. Ce petit triangle réticent et craintif mais prêt à s'émouvoir. Et ce petit bouton que l'on touche du bout des doigts et qui fait ah ! et qui fait oh !

C'était la plus belle de toutes les nuits. *Je vous ai apporté mes bras, je vous ai apporté mon cœur, je vous ai apporté... all my love*, susurrait Eartha Kitt.

Je ne l'ai jamais revue. J'ai attendu ses lettres, oh, s'il te plaît, fais vite facteur, mais non, elle était sortie de ma vie, ma doudou, j'étais mûr pour le rêve.

Depuis, Belle ne me quitte pas. Grâce à elle je ne suis plus seul. Tous les soirs elle m'attend, quand je rentre, un peu fatigué, un peu saoul, après la belote. Alors, je la prends dans mes bras. Elle vit dans mon cœur et au bout de ma queue. Notre amour est parfait. Mais, pourtant, des fois, je me dis, c'est quand même un peu bizarre de passer toutes ses nuits à parler à son oreiller. Non ?

TABLE

Collection MOTIFS

1 - MARTIN AMIS, *Le Dossier Rachel*
2 - ÉMILE OLLIVIER, *Mère-Solitude*
3 - MARINA WARNER, *Un père égaré*
4 - SERGI PÀMIES, *Aux confins du fricandeau*
5 - MARGARET ATWOOD, *Faire surface*
6 - PATRICK BOMAN, *Le Palais des Saveurs-Accumulées*, suivi de *Jakarta*
7 - EDILBERTO COUTINHO, *Onze au Maracanã*
8 - ALBERT LONDRES, *Terre d'ébène*
9 - WILSON HARRIS, *Le Palais du paon*
10 - VELIBOR ČOLIĆ, *Les Bosniaques*
11 - KENJI MIYAZAWA, *Traversée de la neige*
12 - ALBERT LONDRES, *Pêcheurs de perles*
13 - TIMOTHY FINDLEY, *Guerres*
14 - QUIM MONZÓ, *... Olivetti, Moulinex, Chaffoteaux et Maury*
15 - JAMES PURDY, *Je suis vivant dans ma tombe*
16 - ALBERT LONDRES, *Le Chemin de Buenos Aires*
17 - LYGIA FAGUNDES TELLES, *Un thé bien fort et trois tasses*
18 - BERROYER, *Je vieillis bien*
19 - CÒSTAS HADZIARYÌRIS, *Le Peintre et le Pirate*
20 - BENJAMIN TAMMUZ, *Le Minotaure*
21 - KENJI MIYAZAWA, *Train de nuit dans la voie lactée*
22 - ALBERT LONDRES, *Marseille, porte du Sud*
23 - JEAN GALMOT, *Un mort vivait parmi nous*
24 - ABDOURAHMAN A. WABERI, *Le Pays sans ombre*
25 - MARCEL ROUFF, *La Vie et la Passion de Dodin-Bouffant, gourmet*
26 - GOBINEAU, *La Danseuse de Shamakha*
27 - RAYMOND COUSSE, *Stratégie pour deux jambons*
28 - JAMES PURDY, *Chambres étroites*
29 - JEAN GALMOT, *Quelle étrange histoire*
30 - ADAM SHAFI ADAM, *Les Girofliers de Zanzibar*
31 - VELIBOR ČOLIĆ, *Chronique des oubliés*

32 - MARCEL ROUFF, *Les Devoirs de l'amitié*
33 - OCTAVE MIRBEAU, *Contes de la chaumière*
34 - TIMOTHY FINDLEY, *Le Dernier des fous*
35 - SAINTINE, *Picciola*
36 - LYGIA FAGUNDES TELLES, *L'Heure nue*
37 - ALBERT LONDRES, *Tour de France, tour de souffrance*
38 - NATSUME SÔSEKI, *Botchan*
39 - EMMANUEL DONGALA, *Jazz et Vin de palme*
40 - CLAUDE TILLIER, *Mon oncle Benjamin*
41 - KJELL ASKILDSEN, *Les Dernières Notes de Thomas F.*
42 - REINALDO ARENAS, *Adiós a Mamá*
43 - ALBERT LONDRES, *La Chine en folie*
44 - ALBERT LONDRES, *Chez les fous*
45 - ALBERT LONDRES, *Les Comitadjis*
46 - OLIVIER SAISON, *Lux*
47 - OCTAVE MIRBEAU, *Dingo*
48 - MATS WÄGEUS, *Scène de chasse en blanc*
49 - MARCEL ROUFF, *Au grand Léonard*
50 - THÉO VARLET, *Le Roc d'Or*
51 - NKEM NWANKWO, *Ma Mercedes est plus grosse que la tienne*
52 - AMINATA SOX FALL, *Le Jujubier du patriarche*
53 - MOACYR SCLIAR, *Le Carnaval des animaux*
54 - DRITËRO AGOLLI, *L'Homme au canon*
55 - GEORGES DARIEN, *Biribi*
56 - HASSE BILDT LINDEGREN, *Le Maraudeur*
57 - RICHARD LESCLIDE, *La Diligence de Lyon*
58 - GASTON LEROUX, *L'Agonie de la Russie blanche*
59 - ABERT LONDRES, *Au bagne*
60 - ETIENNE GOYÉMIDÉ, *Le Dernier Survivant de la caravane*
61 - IOURI MAMLÉIEV, *Chatouny*
62 - ALBERT LONDRES, Le Juif errant est arrivé
63 - DANY LAFERRIÈRE, *Le Charme des après-midis sans fin*

64 - KENJI MIYAZAWA, *Le Diamant du Bouddha*
65 - JOHN HAWKES, *Le Gluau*
66 - YOTAM REUVENY, *Du sang sur les blés*
67 - ALBERT LONDRES, *Dante n'avait rien vu*
68 - LYGIA FAGUNDES TELLES, *La Structure de la bulle de savon*
69 - JOSÉ DONOSO, *Ce Lieu sans limites*
70 - CARMEN BOULLOSA, *Duerme, L'Eau des lacs du temps jadis*
71 - ARTURO USLAR PIETRI, *Les Lances rouges*
72 - DANY LAFERRIÈRE, *Pays sans chapeau*
73 - OOK CHUNG, *Nouvelles orientale et désorientées*
74 - J.-M. COETZEE, *Au cœur de ce pays*
75 - NATALIA GINZBURG, *La Mère*
76 - HILDA HILST, *Contes sarcastiques*
77 - GUILLAUME CLÉMENTINE, *Le petit malheureux*
78 - YANAGITA KUNIO, *Les Yeux précieux du serpent*
79 - HWANG SUN-WON, *La Petite Ourse*
80 - CAROLINE LAMARCHE, *J'ai cent ans*

Imprimé et relié sur les presses
de l'imprimerie Bussière Camedan Imprimeries
à Saint-Amand (Cher)

Dépôt légal : avril 1999
Numéro d'impression : 991450/1

Imprimé en France